DOMINÉE PAR LES ZANDIENS

LES ÉPOUSES ZANDIENNES
TOME 3

RENEE DEAROSENE

REBEL WEST

Traduction par
AGATHE M

RENEE
ROSE
claimed by love

Publié aux États-Unis

Renee Rose Romance

Ce livre électronique est une œuvre de fiction. Bien qu'il puisse être fait référence à des événements historiques réels ou à des lieux existants, les noms, personnages, lieux et événements sont soit le produit de l'imagination des auteurs, soit utilisés de manière fictive, et toute ressemblance avec des personnes réelles, vivantes ou décédées, des établissements commerciaux, des événements ou des lieux est entièrement fortuite.

Ce livre contient des descriptions de nombreuses pratiques BDSM et sexuelles, mais il s'agit d'une œuvre de fiction et, en tant que tel, il ne doit en aucun cas servir de guide. Les auteurs et l'éditeur déclinent toute responsabilité en cas de pertes, dommages, blessures ou décès résultant de l'utilisation des informations contenues dans ce livre. En d'autres termes, n'essayez pas de mettre cela en pratique !

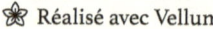 Réalisé avec Vellum

TABLE DES MATIÈRES

LIVRE GRATUIT DE RENEE ROSE

Abonnez-vous à la newsletter de Renee

Abonnez-vous à la newsletter de Renee pour recevoir livre gratuit, des scènes bonus gratuites et pour être averti·e de ses nouvelles parutions !

CHAPITRE UN

M^{irelle}

— Vite, vite, murmuré-je d'une voix rauque, impatiente. Dépêchez-vous.

Je pousse la femme adulte d'une main.

— Allez.

Ses grands yeux, brillants d'angoisse et de stress, me regardent sans comprendre.

— Vous parlez ocrétien ? demandé-je.

J'essuie mon front en sueur et tousse. L'ocrétien est la langue la plus parlée de la galaxie, et il s'agit d'esclaves humaines. Elles comprennent forcément ce que je dis.

— Si vous voulez partir, c'est maintenant ou jamais, insisté-je.

La plus petite se met soudain en mouvement.

— Allez, maman ! s'écrie-t-elle d'une voix plaintive en tirant sa mère par la main. S'il te plaît.

Puis elle toussote. Ici, l'air est toxique pour les poumons humains. Mais la femme reste figée et se met à trembler.

Merde.

J'ai sauvé plus de cinquante humains, et sa réaction n'a rien d'inhabituel, mais le moment est mal choisi. Car du coin de l'œil, j'aperçois un être à l'autre bout de l'aire de stationnement pour vaisseaux galactiques. Son regard s'attarde sur moi. J'ai été repérée.

Je ne veux pas que qui que ce soit m'observe et découvre qui je suis et ce que je fais. Être sur cette planète est déjà bien assez dangereux. Je n'aurais pas dû venir, mais quand des humains sont en danger, je ne peux pas résister. Je tiens à sauver mon peuple.

J'examine l'être en vitesse, comme on me l'a appris : muscles. Cornes. Peau violette. Poignards à la ceinture. Il s'agit d'un Zandien, une espèce presque éteinte, mais composée de guerriers puissants qui viennent de reconquérir leur planète. Merde et re-merde. Il était avec le Zandien qui m'a battu pendant la vente aux enchères.

— Mon vaisseau ne se trouve qu'à 800 pas d'ici, déclaré-je en prenant la femme par la main. Comment vous appelez-vous ? Moi, c'est Mirelle.

Le Zandien nous scrute. Même à l'autre bout du tarmac, dont la chaleur semble faire onduler l'air, je vois ses yeux scintiller à la lumière crue du soleil.

L'humaine me regarde d'un air hébété, et je pousse un juron.

— Douce Terre mère. Si vous m'accompagnez, je vous emmènerai en toute sécurité sur Jesel, où les humains sont libres. Si vous restez plantées là ? Ils vous ramèneront à la vente aux enchères, vous puniront pour votre fuite, et vous vendront à un monstre sadique.

Je ne suis pas certaine de ce que je dis. Le Zandien qui a

gagné l'enchère a sans doute l'intention de la ramener sur Zandia. Mais elle restera esclave. Moi, je lui propose quelque chose de beaucoup mieux.

La femme se met enfin en mouvement et secoue la tête.

— Je ne sais pas quoi faire, dit-elle. Aidez-moi.

Je soulève l'enfant dans mes bras, même si sa mère en a sans doute plus besoin qu'elle, mais cela fait réagir l'adulte. Lorsque je me mets à courir vers mon vaisseau, elle me suit. Mais alors que je pose la petite fille pour entrer le code qui fera descendre l'escalier, je perçois un mouvement.

C'est le Zandien. Douce Terre mère, il est rapide et gracieux, comme un prédateur sauvage des plaines jéseliennes. Il est décidé. Quelque chose de chaud et sinueux parcourt mon corps lorsque je le vois.

Mes deux rescapées comprennent que le temps presse et se hâtent de monter à bord de mon vieux vaisseau. Il est trop tard pour que je les suive, cependant, car il est là. Face à moi.

Il me coince contre mon vaisseau, le vaisseau que j'ai construit de mes mains sur Jesel, à partir de vieilles pièces détachées trouvées aux ordures. Son corps musclé et imposant domine le mien, et la chaleur de sa chair masculine traverse ma tunique usée.

Il me cloue au sol de son regard brun cerclé de violet. Ses cornes sont dressées.

— Tu t'es emparée de quelque chose qui ne t'appartient pas.

Douce Terre mère, quelle voix ! Grave et sonore, elle vibre dans ma poitrine.

Je ne dis pas un mot. Je le dévisage, l'observe tandis qu'il se penche en avant, les quadriceps contractés, prêt à bondir, même si ses bras sont détendus. Et je sens son adrénaline dans l'air, dans son odeur. Virile. Puissante. Il doit partir du principe que je suis faible, à cause de ma petite taille. Idiot.

— Je viens de Zandia. Et tu as enlevé deux femmes achetées par le capitaine Archer. Rends-les, ou il y aura des conséquences.

Je prends une lente inspiration. J'expire. Je change mes appuis. Mais je ne réponds rien. J'ai appris que le silence donnait l'avantage ; il trouble l'adversaire. En plus, ma voix me trahirait. Je m'habille en homme et joue parfaitement mon rôle, mais quand je parle, j'ai du mal à faire illusion.

Le Zandien pose les yeux sur l'entrée de mon vaisseau, et je passe à l'action. Je bondis en avant tout en pivotant, et le bout en métal de ma botte percute sa mâchoire.

Il grogne, sans doute plus de surprise et de colère que de douleur. Sans cesser de tournoyer, j'atterris accroupie et passe une jambe derrière lui, avant de faire une roulade, geste que j'ai mis un an à perfectionner sur Jesel. Mon geste est automatique. Tous mes bleus et mes blessures m'ont préparée à ce moment. Un combat à mort face à un adversaire plus fort que moi.

Lorsque je tire sur ma jambe, le Zandien s'écroule, comme prévu. Mais je n'avais pas prévu qu'il retrouve l'équilibre aussi vite ! Alors que je suis toujours à terre, il parvient à se redresser et à me saisir.

— Rends-toi, ordonne-t-il.

Ses mains puissantes s'enfoncent dans mes épaules et me pressent sur le sol brûlant. La chaleur transperce ma tenue de camouflage. Je donne un coup de pied par réflexe, mais l'être s'assoit sur moi, une jambe de chaque côté de mon buste mince. La température de son corps m'affecte tout autant que le sol brûlant dans mon dos.

Haletante, je le regarde dans les yeux pour lui montrer que les miens sont verts. Ça perturbe toujours mes adversaires. Je saurai quand passer à l'action. Un instant. Deux. Douce Terre mère, son regard est tellement limpide, tellement intelligent. La courbe de ses lèvres... est-il en train de sourire ? Quelle arrogance ! Je vais lui montrer qui commande.

Je déglutis tandis que ses yeux se posent sur ma bouche, mon cou. Son sourire se dissipe. Son expression devient songeuse. Comme s'il tentait de comprendre quelque chose.

Maintenant. Je transfère toute mon énergie dans mes fesses et mes jambes, et je me retourne.

Le Zandien grogne et pousse des cris, mais j'ai échappé à ses mains puissantes.

À nouveau sur mes pieds, je m'accroupis et l'observe.

Il s'est relevé, lui aussi, et lorsque mon regard se plante dans le sien, je ressens une tension inédite. Lorsqu'il était sur moi, le visage déjà victorieux, je ne saurais décrire...

Il bondit, le poing levé.

Je pare son coup avec une facilité enfantine, puis je m'élance à mon tour.

Bon sang, il semble avoir anticipé mon geste, car il pare mon coup de pied, et il me tient à nouveau. Il me plaque à la carlingue métallique brûlante de mon vaisseau. Un bras contre mon cou, une main autour de mon poignet. Ses hanches collées à mon corps. Cuisses contre cuisses.

Son haleine est chaude contre ma peau et sent étonnamment bon. Elle n'est pas fétide, contrairement à ce que j'aurais pensé, pour un guerrier. J'ignore le fourmillement qui me parcourt à l'idée de notre proximité.

Nous haletons tous les deux.

— Qui es-tu ? demande-t-il d'un ton autoritaire. Réponds-moi.

Je le regarde fixement, avec insolence. Il ne me fera pas parler. Mon casque s'est détaché pendant notre combat, et mes cheveux roux me tombent sur les épaules. Le regard du Zandien se pose dessus, avant de glisser sur mes seins bandés.

— *Vutain*, tu es une femelle, dit-il d'un ton stupéfait. Et une humaine.

Ça aussi, il l'a compris. Ce n'était pas bien difficile, j'imagine.

Il esquisse un sourire, plus impressionné que moqueur.

— Une petite guerrière, dit-il avant de plisser les yeux. Où comptais-tu aller avec les esclaves ?

Je grogne et secoue la tête. Je n'avais encore jamais eu autant de mal à échapper à un adversaire. Visiblement, les Zandiens sont aussi doués que la rumeur le dit.

Il serre la main sur ma gorge pour me montrer qui commande, à présent. Mais je remarque qu'il ne m'empêche pas de respirer. Je pense qu'il le fait exprès. Il pourrait me briser la nuque d'un geste du poignet. Je suis à sa merci. Et malgré la pression qu'il exerce sur ma gorge, son corps inflexible qui me retient, un fourmillement parcourt de nouveau ma peau. Mes bras. Mon ventre. Mes tétons. Douce Terre mère, ce n'est pas le moment pour que mon corps s'éveille à la sexualité. Moi qui jusqu'à présent n'avais jamais éprouvé d'intérêt pour les hommes.

Je prends une goulée d'air et m'efforce de me concentrer. Il faut que j'échappe à cet homme, pour bien des raisons. Je soulève le bassin, mais il imite mon geste, et son corps se presse davantage contre le mien. La bosse de ses parties intimes imposantes se colle à mon ventre. Un frisson me traverse. Ses mains glissent jusqu'aux miennes, mais il ne me libère pas. Ce Zandien n'a pas l'intention de me lâcher.

— Je repars avec les deux autres humaines, dit-il, son souffle chaud sur mes lèvres. Et tu viens avec moi, toi aussi.

Son corps est sec et dur, tout en muscles. Sa bouche ne

se trouve qu'à quelques centimètres de la mienne, et l'espace d'un instant, je m'imagine qu'il veut m'embrasser. Je n'ai jamais fait ça, mais j'ai vu d'autres personnes...

Il faut que je me serve de tous les avantages à ma disposition. Je sors la langue et me lèche les lèvres en émettant un murmure, un petit souffle. Le genre de chose que font les femmes pour appâter un homme. Ce faisant, j'avance les hanches et chuchote quelque chose qu'il ne comprendra pas, car je le dis en anglais. Une langue morte humaine. Des mots que je n'ai appris que récemment.

— Je m'appelle Mirelle, et je suis une combattante de la liberté.

Je perçois sa surprise et son intérêt, et cette fois encore, je saisis ma chance. Je baisse le coude avant de le projeter vers le haut. Je le pousse. Je lui donne un coup de genou. Je lui hurle un cri de guerre aigu dans l'oreille, le premier véritable son que j'émets.

Je suis de nouveau libre, et il roule sur le sol, avant de se remettre rapidement en position.

Je n'ai que quelques précieuses secondes devant moi, mais cela me suffit à sauter dans mon vaisseau et à fermer le sas. Je me précipite aux commandes et quitte cette maudite planète avec mon chargement inestimable. Au sol, le Zandien lève les yeux vers mon vaisseau. Il n'agite pas le poing, ne pointe pas le doigt, pourtant je vois la promesse silencieuse dans sa posture, dans la façon déterminée dont il me regarde partir.

Il n'en restera pas là. Il me poursuivra.

Je pianote sur mon vieux tableau de bord. Mon vaisseau est lent, mais régulier, et si je prends un peu d'avance, j'arriverai peut-être à nous cacher.

Mais l'inquiétude me hérisse la nuque. Les Zandiens possèdent des vaisseaux ultramodernes, c'est bien connu.

Ce sont les plus rapides de la galaxie. Capables de voler en mode furtif. Ils ont l'avantage. Si cet homme me suit... Non, *quand* il me suivra, car je suis certaine qu'il le fera, j'ignore ce qui se passera. Je devrai me battre.

Hors de question de me laisser prendre en otage. Sauver des humains et les mener à la liberté est l'œuvre de toute une vie. Et aucun être ne m'en empêchera, à moins de me tuer.

~

Lanz

— *Vutain*, c'est trop drôle, dit Domm en me donnant une claque dans le dos. Toi, à terre et hébété, en train de regarder partir la femelle qui a eu le dessus sur toi.

Archer secoue la tête, beaucoup moins amusé.

— Tu as perdu mes humaines.

Le cycle lunaire dernier, il a demandé au roi Zander la permission d'acheter une femelle pour s'y accoupler, et notre souverain a accepté. Archer vient de dépenser toutes ses économies pour l'humaine et sa petite, tout ça pour que ma petite guerrière s'envole avec elles.

J'ai toujours l'odeur de l'humaine dans les narines, et je me souviendrai toujours de la façon dont son corps se tortillait sous le mien. Je hausse les épaules face aux reproches d'Archer.

— Vous auriez pu venir m'aider, tous les deux.

Domm rit tellement fort qu'il se met à tousser.

— On ne se doutait pas qu'une femelle minuscule te donnerait du fil à retordre.

— Va te faire *vuter*, grondé-je en levant le poing.

Archer fait un pas de côté et Domm recule en haussant les sourcils, les cornes dressées, sans cesser de rire. Il lève les mains.

— Où est-ce qu'elle a bien pu apprendre à se battre comme ça ? demande-t-il.

Je me repasse ses manœuvres expertes en mémoire, fasciné.

— Aucune idée.

Je leur montre ma main, sur laquelle une petite entaille qui commence déjà à guérir laisse échapper du sang violet.

— Regardez ça, dis-je d'un ton incrédule. Elle était féroce.

Nous examinons tous les trois notre écran de bord, sur lequel un point lumineux clignote. C'est le vaisseau de l'humaine, qui traverse lentement la galaxie d'un noir d'encre.

— Où compte-t-elle se rendre ?

J'entends la stupéfaction dans ma propre voix, car ce qu'elle fait est complètement insensé. Il n'y a pas d'endroit sûr pour les humains, dans cette galaxie. Comment a-t-elle pu survivre aussi longtemps ? Une part de moi est impressionnée et souhaite découvrir tous ses secrets. Tisser un lien avec cette guerrière qui m'inspire le respect. Une autre part voudrait que je la plaque au sol, que je chevauche sa taille fine, comme sur Shirtang, et ensuite...

Mon membre s'éveille, et je me racle la gorge. Je tente de me concentrer. Ce n'est vraiment pas le moment.

— Une humaine qui sauve d'autres humaines, dis-je. Et elle semble viser la latitude 34 X-4. Ce qui signifie...

— Qu'elle se dirige vers la ceinture midrienne, conclut Domm d'un ton sérieux. Peut-être pour rejoindre la communauté humaine sur Jesel ?

— Impossible. C'est beaucoup trop lointain et dangereux. Elle ne parviendra même pas à faire le quart du chemin.

— C'est pourtant la direction qu'elle prend.

— *Vutain*, grommelé-je en croisant les bras, penché en avant comme si m'approcher de l'écran pouvait m'en apprendre davantage sur l'humaine et ses projets. Il faut qu'on la suive.

— Ça fait un sacré détour, répond Domm d'un air dubitatif.

— Tu m'étonnes, dit Archer en plissant les yeux.

Il presse un bouton sur son bracelet de communication et entame une conversation avec le centre de commande sur Zandia.

— Commandant Enten ? Ici Zandia 8-X. À la poursuite d'une combattante ennemie pour récupérer deux humaines. En route pour Jesel.

— Trois humaines, le corrigé-je en pinçant les lèvres.

Je refuse de laisser cette petite guerrière rebelle se débrouiller toute seule. Elle a beau ne pas être à vendre, je ne peux pas la laisser parcourir la galaxie sans protection. Les humains ne sont pas une espèce libre. Elle sera tuée ou réduite en esclavage dans moins d'un cycle lunaire.

— Trois humaines, répète Archer sans broncher. Permission de poursuivre ?

D'habitude, nous prenons nos propres décisions. En tant que guerriers expérimentés et éclaireurs dignes de confiance, nous gérons nos sorties comme nous l'entendons. Et Archer est un capitaine aguerri, tout juste plus accompli que Domm et moi au combat et aux commandes d'un vaisseau.

Mais aller sur Jesel implique de traverser un territoire ennemi, et nous risquons de croiser des pirates ocrétiens et d'autres vermines de ce genre, alors nous devons vérifier auprès de notre commandant que le jeu en vaut la chandelle.

Archer obtient le feu vert, et nous bouclons tous les trois nos ceintures, prêts pour une accélération soudaine ou un affrontement.

— Elle est à la traîne, dans son vieux vaisseau, commente Domm en riant, le doigt pointé sur l'écran, plus incrédule que moqueur. Je ne comprends même pas comment ce truc peut encore voler.

Notre radar nous montre son vaisseau en détail.

— Son appareil ne possède pas d'armes dignes de ce nom, dis-je. Et il ne peut pas faire de bonds ou de super-accélérations. Il n'a aucun camouflage. On peut vaincre quand on le souhaite.

Mon sexe frémit dans mon pantalon de vol à l'idée de la conquérir quand je le souhaite. Longuement et avec force. En attachant ses chevilles et ses poignets à mon disque de sommeil, de préférence, pour lui faire payer ses manœuvres brillantes sur Shintang. Je tente de chasser cette idée de mon esprit.

L'espace d'un instant, je plains notre proie. Elle est intelligente et déterminée, mais par les étoiles, son vaisseau n'arrive pas à la cheville du nôtre. Nous aurions pu l'incinérer dès son décollage, grâce à nos armes longue portée. Aborder son appareil sera un jeu d'enfant. Un combat inégal.

Mais mon corps est impatient. J'ai envie de combattre avec elle à nouveau. De plonger le regard dans ses yeux verts pleins de colère. D'entendre sa jolie voix rauque. De la voir haleter sous mon...

— Elle change de direction, annonce Archer.

Il nous montre l'écran. Nous nous trouvons déjà dans le no man's land de cette galaxie, où les vaisseaux se plient rarement aux accords intergalactiques et où les actes de piraterie sont en hausse.

— Où va-t-elle ? demande Domm avec curiosité, penché en avant.

Archer fait quelques ajustements sur le tableau de commande.

— Vers Techna. Une planète du coin qui vend des pièces détachées et répare les vaisseaux.

Sur l'écran, quelque chose me pousse à froncer les sourcils, et une sensation étrange me prend aux tripes.

— Qu'est-ce que c'est ? Qu'est-ce qu'il a, son vaisseau ? Regardez cette vibration. On dirait que son gyroscope ne fonctionne pas.

Et en effet, son vaisseau avance par à-coups avant de piler et de se retourner. Il finit par se redresser.

— Elle fait de son mieux pour contrôler la direction, dit Domm d'un ton impressionné.

Archer hoche la tête.

— Elle sait qu'elle n'atteindra pas Jesel. Si elle essaye de traverser la ceinture d'astéroïdes massinienne comme ça, son appareil se désintégrera.

Je me gratte l'oreille.

— On l'aborde avant son atterrissage sur Techna, ou après ?

Domm réfléchit.

— Créer un pont aérien jusqu'à son appareil sera facile.

J'acquiesce.

— Et ça évitera que d'autres êtres s'en mêlent sur Techna.

Archer secoue la tête.

— Je pense qu'on devrait attendre qu'elle atterrisse, et on les enlève toutes les trois. En vitesse, sans un bruit, sans être vus. J'ai peur que la coque de son vaisseau ne résiste pas à un abordage. Affronter les Techniens est moins risqué. Ils regardent toujours ailleurs, quand il y a des conflits.

Nous acceptons sa décision et préparons notre vaisseau à l'atterrissage, travaillant en harmonie. Nous connaissons la marche à suivre par cœur.

— On a de la compagnie, annonce Domm d'une voix tendue. À tribord, à trois ticks d'ici. Ils se rapprochent vite.

Vutain. Mes doigts dansent sur l'écran holographique.

— Des pirates ocrétiens, dis-je. Des hors-la-loi. Ils ont notre vaisseau et celui de l'humaine en joue.

Je ne laisserai pas ces tas de chair grise approcher nos humaines. Oui, dans ma tête, elles nous appartiennent déjà. Parce que la petite guerrière est à moi. À moi et à Domm, s'il veut partager.

— Ils savent qu'elle a des humaines à bord ? demande Domm d'une voix qui monte dans les aigus.

— Aucune idée, réponds-je, mais ils ont annoncé leur intention d'aborder.

— Quel modèle ?

— Ils ont l'un de ces nouveaux chasseurs ocrétiens, dit Archer. *Vutain*, j'aimerais bien mettre la main sur l'un de ces vaisseaux pour voir comment ils sont faits.

Je ravale mon impatience. Archer devrait penser aux humaines, plutôt qu'à ce *vutain* de vaisseau.

— Ils comptent faire exactement la même chose avec notre appareil, dis-je. Tu as un plan ?

— Je propose qu'on capture les trois humaines et qu'on fasse un bond dans l'espace. Ils ont beau avoir un vaisseau de guerre flambant neuf, ils ne sont pas aussi rapides que nous.

Silence.

— Si on agit avec précision, on peut y arriver, dis-je,

submergé par l'adrénaline. Et si on fait les choses bien, on peut même s'emparer de leur appareil.

Je sais qu'Archer brûle d'examiner leur tableau de bord. Leur système de saut hyperspacial. Mais moi, c'est la petite humaine que je veux. L'abandonner à la cruauté des Ocrétiens ? Hors de question.

— Je suis d'accord, dit Domm.

Il prend les commandes, et la force gravitationnelle nous écrase presque alors que notre vaisseau fonce en avant, mais notre entraînement et notre organisme nous permettent de le supporter.

— J'étais curieux de voir comment c'est, sur Techna, ajoute Domm.

Avec adresse, il nous fait traverser une ceinture d'astéroïdes.

— Une autre fois, réponds-je en jetant un œil à mon écran holographique. Les Ocrétiens nous ont envoyé un message.

Je l'affiche sur l'écran principal. Il s'agit d'un avertissement hostile, nous conseillant d'abandonner ou d'essuyer des tirs. Nos boucliers sont capables de bloquer leurs attaques, malgré leur vaisseau dernier cri. Quelques tirs, en tous cas.

Nous les ignorons. Nous ne répondons pas.

— Levée des boucliers, annonce Domm en ajustant nos défenses. Préparez-vous à aborder le vaisseau de l'humaine.

CHAPITRE DEUX

D*omm*

JE VOIS les doigts de Lanz se crisper autour de son épée. Une petite bagarre avec une femme, et le voilà raide dingue d'elle. Je suis étonné, car quand le roi Zander a annoncé qu'il fallait repeupler la planète, Lanz ne s'est pas du tout montré intéressé. Autour de nous, tous les guerriers tentaient de s'associer pour revendiquer les rares humaines disponibles, mais Lanz s'est contenté de hausser les épaules. Nous nous satisfaisions de continuer à partir en mission.

— C'est parti, dit-il en préparant les commandes. Système d'abordage activé.

J'affiche l'écran montrant notre vaisseau et celui de l'humaine. La distance qui nous sépare s'efface comme par magie tandis que nous nous rapprochons d'elle. Notre vaisseau est équipé des dernières technologies zandiennes, qui nous permettent de nous lier magnétiquement à un autre appareil pour monter à bord.

— Elle nous voit venir ?

La voix de Lanz est tendue. Il éprouve du respect pour cette femelle. Moi aussi, d'ailleurs. Ce qu'elle a accompli sur Shirtang et en ce moment même, c'est du jamais vu.

— Non. Pas du tout. Mais elle voit les Ocrétiens. Regarde comme elle tente de changer de trajectoire, dans l'espoir d'atteindre l'espace aérien technien plus vite.

Notre système d'abordage, perfectionné par une équipe composée d'humains et de Zandiens sur notre planète, est si sophistiqué que nous percevons à peine la secousse lorsque notre vaisseau s'arrime au sien et que des lasers ouvrent un passage entre les appareils. Si le vaisseau de l'humaine vaut la peine d'être sauvé, ou même par simple curiosité, nous le tracterons jusqu'à Zandia.

Les instants suivants sont un chaos maîtrisé.

Les écrans holographiques de nos bracelets de communication nous montrent une carte en temps réel du vaisseau de l'humaine, et nous pénétrons dans la réserve de son appareil. L'odeur de métal fondu et de fibre de carbone met tous les nerfs de mon corps de guerrier en alerte. Je respire profondément par le nez.

Lanz ouvre la voie, et je le suis, une façon de faire que nous avons mise au point au long des cycles solaires où nous nous sommes battus ensemble. Lorsque nous atteignons la cabine principale, nous jetons un regard derrière le mur de partition.

Les cornes de Lanz se dressent, et je la vois. L'humaine. La petite guerrière de mon ami. Oui, je comprends ce qu'il lui trouve.

Elle est superbe. Une masse de cheveux roux attachés sur une épaule révèlent un cou long et fin. La marque des doigts de Lanz s'y trouve toujours, me rappelant à quel point elle est fragile.

Elle est assise devant son tableau de bord, occupée à observer trois écrans en même temps tout en pianotant sur les commandes. Elle est concentrée sur le vaisseau ocrétien, à cause duquel l'avertissement *armes parées* clignote en rouge sur ses écrans. Notre appareil est tellement bien masqué que ses équipements de navigation rudimentaires ne l'ont pas détecté. Avec de meilleurs outils, elle serait capable de nous repérer.

Les esclaves d'Archer, celles que l'humaine a volées, reniflent par terre, blotties l'une contre l'autre. La plus âgée étreint sa fille. La pièce sent la sueur et la peur, le vieux métal et les appareils électroniques en surchauffe.

J'examine rapidement son équipement. Des appareils anciens et rapiécés.

Vutain. Elle ne possède même pas de détecteur d'astéroïdes automatisé ! Je hausse les sourcils. Les compétences nécessaires pour piloter...

Elle perçoit notre présence.

Son corps se crispe et elle bondit en se tournant vers nous, si vite que je la vois à peine changer de position.

— D'où viennent-ils ? demande-t-elle aux deux humaines à terre.

Avant qu'elles aient l'occasion de répondre, le vaisseau est secoué, et le son d'une torpille d'avertissement nous perce les tympans.

— Accrochez-vous ! lance-t-elle à ses protégées avant d'être projetée sur le côté et de faire un bond pour ne pas percuter son tableau de bord archaïque.

Lanz se dirige vers elle à grands pas.

— Les Ocrétiens passent à l'attaque. Ça, c'était leur avertissement.

Des alarmes retentissent, tapageuses, et des lumières

rouges se mettent à clignoter. Un sifflement insidieux m'apprend que le vaisseau a subi des dégâts fatals.

— Une fuite d'oxygène, annoncé-je. On a dix-huit minutes maximum avant de perdre connaissance. Pour les poumons humains, c'est cinq minutes à peine.

— Mon vaisseau n'est pas capable de supporter un tir d'avertissement, dit l'humaine d'une voix tendue. C'est un transporteur, pas un chasseur.

L'ordre d'Archer résonne, dur, mais calme :

— Prenez les humaines et regagnez immédiatement notre appareil.

Je suis face à face avec elle, et je vois ce que Lanz a dû voir : yeux vert forêt, bouche bien dessinée. Une beauté frappante chez une guerrière féroce. Je pourrais facilement la saisir, la dominer par la force, mais quelque chose en moi tient à lui laisser le choix, encore quelques instants.

Je plante mon regard dans le sien.

— On n'a pas le temps de se battre, petite guerrière. Suis-moi tout de suite, ou tu mourras.

Une lueur d'intelligence traverse ses yeux, et elle hoche brièvement la tête. Elle se tourne vers les esclaves.

— C'est bon. Vous pouvez les suivre. C'est notre meilleure chance.

Très vite, nous atteignons le passage entre nos vaisseaux. Archer nous rejoint avec la mère et la fille. Mais alors que Lanz tape sur l'écran de contrôle pour refermer l'ouverture, mon cœur se serre.

Car un Ocrétien vient de la franchir et glisse un bâton électrifiant dans le mécanisme pour empêcher sa fermeture.

— *Vutain.* Débarrassez-vous de lui, dis-je en ramassant mon pistolet étourdissant, posé à côté de mon poignard.

Lanz hausse le ton :

— Ils ont créé un passage de l'autre côté du vaisseau. Ils l'abordent en ce moment même.

Je n'ai pas le temps de remarquer à quel point leur manœuvre est rusée, car plusieurs Ocrétiens surgissent derrière le premier, me brûlant les narines avec l'odeur de soufre de leur sueur.

Je suis sur le point de tirer, mais l'enfant humaine contrecarre tous mes plans.

Les yeux brillants de terreur, le corps tremblant, elle se dégage des bras de sa mère et se met à courir. Horrifié, je vois un Ocrétien la soulever.

— Cassie ! s'écrie sa mère.

— Allez-y, lance l'Ocrétien à son équipe. Allez tout préparer.

Ils se dissipent comme de la fumée, ne laissant qu'un de leurs membres.

En se servant de l'enfant comme d'un bouclier, il éclaire de rire.

— Tu es à moi, maintenant.

J'ai envie de le tuer, mais la petite humaine mourrait, elle aussi. Elle se trouve devant la tête et la poitrine de son ravisseur.

— Ne lui faites pas de mal ! s'écrie sa mère, dans tous ses états.

Elle se rue sur l'Ocrétien pour tenter de s'emparer de sa fille, et le vaisseau tombe dans le chaos le plus total.

Les autres Ocrétiens reviennent avec des armes de courte portée. Visiblement, ils ont eux aussi choisi des pistolets étourdissants pour éviter d'endommager notre vaisseau. Même en pleine bataille, il est clair qu'ils convoitent notre appareil.

— Tirez pour tuer.

Archer a levé la voix pour se faire entendre malgré le

bruit environnant, mais c'est déjà ce que je faisais. J'abats un premier Ocrétien, et la puanteur de son sang épais ressemble au parfum de la victoire. J'évite les tirs de pistolets étourdissants, qui laissent des traînées bleues et rouges d'ozone dans l'air. Je me glisse derrière un deuxième ennemi et lui tranche la gorge avec mon poignard. Sa lame fine comme celle d'un rasoir s'enfonce dans sa peau grise et couverte de cicatrices aussi facilement que dans un pétale de fleur.

Je pivote. Lanz se débrouille très bien tout seul, et Archer a éliminé deux de nos adversaires. Leurs corps sont avachis au sol comme des sacs d'ordures. Leurs poitrines se soulèvent toujours, mais très, très lentement.

Et par les étoiles, je comptais aller sauver Mirelle, mais elle s'en sort parfaitement. Elle pousse un cri et tournoie comme elle l'a fait sur Shirtang, lorsqu'elle a maîtrisé Lanz, et la vitesse de son agression laisse l'Ocrétien sans voix. J'entends sa pommette craquer, puis ses côtes céder sous la botte de l'humaine. De nombreuses côtes, à en croire la façon dont il s'écroule, pâle et à bout de souffle. Mourant. Sans interrompre son geste, elle récupère son arme et change le réglage du pistolet d'*étourdir* à *tuer* une nanoseconde avant de lui tirer entre les deux yeux.

Elle n'a pas hésité. Elle ne jette pas de regards dans tous les sens. Elle ne pleure pas. Elle ne halète pas de surprise ou d'horreur face à ce qu'elle vient de faire. Non, comme une authentique guerrière, elle se remet en position de combat, le pistolet brandi, aux aguets.

D'habitude, en plein combat, je reste concentré. Lanz et moi avons notre rythme, et nous agissons sans avoir besoin de réfléchir. Mais l'humaine représente une distraction. Je m'inquiète pour elle, bien qu'elle sache se défendre toute seule.

— Derrière toi ! me lance-t-elle.

Je me retourne juste à temps pour faire face à deux Ocrétiens, que je désarme et abats à coups de pied et de poignard.

Le souffle court, je pivote et constate que nous avons tué tous les Ocrétiens présents, sauf un.

Il a toujours la petite fille dans les bras. Elle est couverte de sang, à présent, mais je ne sais pas s'il s'agit du sien ou de celui d'un de nos ennemis.

— Cédez votre vaisseau, ou je tue l'esclave, déclare-t-il avec un rictus.

Je m'essuie le front, et mes cornes se dressent.

— Vous n'aurez jamais notre vaisseau, répond Archer en se dirigeant vers lui.

Nous avons beau être à quatre contre un, l'Ocrétien ne se laisse pas intimider. Il éclate de rire.

— Avant de la tuer, je la balancerai aux membres d'équipages, histoire qu'ils s'amusent avec elle. Ils n'ont pas eu d'esclave sexuelle depuis un bon moment.

Le cri de la mère est tellement fort et aigu qu'elle doit s'être abîmé les cordes vocales. Elle se précipite de nouveau vers notre adversaire, une vraie force de la nature.

Il l'attrape par les cheveux et la projette contre le mur, une conquête aisée.

— Je ferai pareil avec celle-ci. Elle pourra regarder, et ensuite elle satisfera quelques membres d'équipage. On lui coupera peut-être quelques doigts et orteils pour rire, pour lui montrer qu'il est important de coopérer. Ah, les humaines. Rien que des bouts de viande.

Ses mots sont obscènes, mais il ne s'imagine tout de même pas que nous allons céder ! Nous sommes des guerriers. Nous ne nous laissons pas intimider par les menaces, même les plus répugnantes, et pour autant qu'il le sache, ces humaines ne sont que des esclaves à nos yeux. Pourquoi nous en ferions-nous pour elles ?

Notre petite guerrière s'avance, les épaules tremblantes.

— Il faut qu'on leur donne ce qu'ils veulent. S'il vous plaît. Ne les laissez pas s'en prendre à elles. Pitié.

La frustration me rend brusque.

— Non ! Tu ne comprends pas ce qui se passe.

— On ne peut pas les laisser mourir maintenant !

Elle me regarde d'un air suppliant, et ses mains lâchent son pistolet étourdissant.

— S'il te plaît !

— Arrête… commencé-je, horrifié de la voir passer de battante à victime.

Puis je remarque son expression. Juste en dehors du champ de vision de l'Ocrétien, elle m'adresse un petit sourire rusé et ferme brièvement une paupière. Il s'agit d'un signal, même si je ne le comprends pas.

— Je ne peux pas ! gémit-elle en se laissant tomber à genoux, les bras serrés autour du corps. Pitié, pitié, les humaines sont frêles et fragiles. Vous devez nous protéger !

Je jette un regard à Lanz et tourne légèrement la tête vers la gauche. C'est notre signal pour préparer une attaque. Archer recule presque imperceptiblement. Cela signifie qu'il est d'accord.

Le reste est comme une danse que nous aurions chorégraphiée à l'avance, bien qu'elle se décide seconde après seconde.

Lanz se rue aux côtés de Mirelle, laissant la voie libre à l'Ocrétien, qui s'avance.

— Lève-toi, aboie Lanz en la saisissant par le bras pour la mettre debout. Ce n'est pas le moment. Tu dois te concentrer. Tu es notre meilleur atout. On a besoin que tu te battes. Maintenant.

Archer tourne la tête vers eux, poussant l'Ocrétien à s'interroger.

— Lanz a raison. Tu as toutes les compétences qu'il nous faut. Sers-t'en.

Je ne quitte pas l'Ocrétien des yeux. J'espère qu'il mordra à l'hameçon. Le tableau de bord n'est plus protégé du tout. Il en fera sa cible. Ça, ou l'humaine. J'en suis sûr.

— Lâche l'enfant humaine, grondé-je en m'avançant, tout en jetant un regard nerveux aux autres. Tout de suite.

— Peut-être que je vais le faire, répond l'Ocrétien, le sourire aux lèvres.

Puis il passe à l'action, comme un serpent. Les membres de son espèce bougent toujours subitement. Leur rapidité ne cessera jamais de m'impressionner, vu leur indolence habituelle. Il laisse tomber la petite fille à côté de sa mère.

Puis il profite du passage laissé par Domm et Archer pour s'emparer de notre guerrière.

Oui. C'est pile ce qu'il nous fallait.

Elle se laisse saisir, toute molle dans ses bras. Il braque le pistolet étourdissant contre sa tempe.

— Je la prends à la place, déclare-t-il en reculant vers la porte. Et on détruira votre vaisseau si vous ne nous le donnez pas. Rendez-vous.

Je sais qu'il bluffe. Des tas d'Ocrétiens attendent sûrement un signe de sa part pour monter à bord de notre vaisseau. Une telle technologie ? Ils préféreraient sacrifier plusieurs de leurs membres d'équipage pour l'obtenir, plutôt que de la détruire pour se venger.

Mais tout ce que je vois, c'est le pistolet à la tempe de notre humaine. Il est réglé sur la puissance la plus élevée, ce qui lui grillerait le cerveau et reviendrait à la tuer. Un grondement me monte aux oreilles alors qu'une émotion que j'ai du mal à reconnaître s'empare de ma poitrine. De la peur.

De la colère. J'ai envie de briser la nuque de l'Ocrétien. Comment ose-t-il ? J'ai peut-être mal compris le signal qu'elle m'a fait. Si ça se trouve, elle est aussi affaiblie et apeurée qu'elle en a l'air. Il faut que je la sauve, mais je ne peux pas prendre un tel risque, pas maintenant.

Docile, elle gémit toute seule, comme si notre ennemi avait brisé sa volonté. Puis elle plante son regard dans le mien et elle articule en silence :

— À trois.

— On ne vous cédera jamais ce vaisseau ! m'écrié-je, jouant le rôle du Zandien irresponsable et en colère.

L'Ocrétien rit.

— Pas besoin. On le prendra.

Il place un doigt sur la gâchette.

— Je vous rendrai l'humaine. Quand elle sera morte.

Mirelle continue de me regarder. *Un*, articule-t-elle. *Deux.*

Je prends une inspiration.

Trois.

Soudain, elle n'est plus qu'un mouvement flou, encore plus rapide que l'Ocrétien. Elle se retourne dans ses bras pour éloigner sa tête du pistolet. Le tir l'atteint à l'épaule, et je sens l'odeur âcre de sa peau brûlée et ensanglantée. Je brandis mon arme et regarde l'Ocrétien bien en face. Je tire et manque Mirelle de peu, mais je vise juste. Je vois la tête de notre ennemi disparaître dans une boule de feu.

— On scelle, on se détache, et on saute. Allez, allez, allez.

L'ordre d'Archer nous pousse à nous mettre en mouvement.

Domm se place devant le tableau de bord pendant qu'Archer s'occupe de l'armement.

— Ils visent notre sas principal. Il faut qu'on s'en aille.

Je vois un éclair lumineux lorsqu'ils déploient leur missile. Je me prépare à l'impact, mais il n'arrive jamais. Au lieu de cela, je suis secoué par la force gravitationnelle de notre saut spatio-temporel alors que nous bondissons à travers la galaxie, disparaissant à tout jamais des radars des Ocrétiens.

CHAPITRE TROIS

L*anz*

— Vérifiez s'il y a des dégâts. Déployez les robots d'autoréparation, ordonne Archer.

— Robots déployés, répond Domm.

— Vérifiez le sas et l'atmosphère.

— Sas et atmosphère intacts, annoncé-je.

— Vérifiez l'état du tractage.

— Le vaisseau tracté est endommagé, aucun signe de vie à bord, dit Domm.

— Lanz, va aider les passagères.

Je me tourne vers les humaines. La mère et sa fille sont sous le choc, mais c'est surtout notre petite guerrière qui a besoin d'aide.

Elle a le souffle court et elle est pâle, ses épaules un tas de chair abîmée qui découvre l'os. Sa tunique est imprégnée de sang qui dégouline sur le sol. La sueur perle sur son front, et elle tressaille, encore et encore. Je déteste qu'elle soit humaine. Si fragile, malgré son courage et son talent.

Je vais chercher une trousse de secours neuve, content que le Dr Daneth nous ait formés aux soins d'urgence. J'ouvre la trousse à toute vitesse.

— Je vais appliquer ça sur ta plaie. Ça contient un antidouleur et un antibiotique, en plus d'accélérer la guérison.

J'ouvre l'appareil et appuie sur le bouton qui active l'AutoSoigne.

— D'accord.

Elle a une petite voix. Je saisis son poignet ; son pouls est faible.

— *Vutain.*

Je pose l'appareil sur son épaule. Elle grimace, mais soudain, ses paupières se mettent à papillonner, et elle pousse un soupir.

— Ça fonctionne ? demandé-je en examinant l'appareil, incapable de tirer des conclusions.

Domm apparaît à mes côtés, ses sourcils froncés la preuve qu'il est aussi inquiet que moi.

— Elle va bien ?

Il a déjà éjecté les cadavres des Ocrétiens dans l'espace.

Je secoue la tête.

— J'ai mis l'appareil en place.

Domm s'accroupit.

— On dirait qu'il est en marche.

Le mince écran LED affiche un message. *Soins en cours. Progression : 1 %. Médicaments administrés.*

Sous nos yeux, le message change. *Progression : 1,5 %.*

— Je pense qu'il faut l'aider davantage, dit Domm.

Je la prends par la main.

— Comment tu t'appelles, petite guerrière ?

— Mirelle, répond-elle d'une voix cassée, les lèvres sèches, alors que ses paupières se ferment en papillonnant.

— Mirelle, tiens bon. On va t'amener sur Zandia, et une fois là-bas, tu seras soignée.

Ses lèvres bougent, mais ses yeux restent clos. J'ignore ce qu'elle essaye de dire.

Je regarde Domm et hausse les sourcils, mais il secoue la tête.

— Je n'ai pas compris non plus, me dit-il.

Il me fait signe, et nous nous éloignons de la petite humaine. À voix basse, il déclare :

— C'est une prisonnière ennemie, en gros. La soigner est optionnel.

Mais il serre les mâchoires. Je sais qu'il ne la voit pas comme une banale prisonnière.

Je grogne.

— Elle nous a aidés à nous enfuir.

— Après nous avoir elle-même mis dans le pétrin.

— Je sais.

— J'ignore ce que le roi Zander fera d'elle, dit-il.

Il croise les bras comme s'il était fâché, mais il ne quitte pas Mirelle des yeux, l'inquiétude toujours présente sur ses traits.

Elle a quelque chose d'irrésistible. Et de toute évidence, je ne suis pas le seul à le percevoir.

— Je la veux, annoncé-je, pour marquer mon territoire, oui, mais aussi pour jauger l'intérêt qu'il lui porte.

Mon meilleur ami ne semble pas surpris.

— Oui. Elle est parfaite pour nous. Si elle survit.

Nous regardons sa poitrine se lever faiblement à chacune de ses respirations. Elle a encore pâli. Quand elle tousse, son corps semble incapable de le supporter.

La peur me déchire la poitrine, plus féroce que tout ce

que j'ai pu ressentir sur le champ de bataille. C'est encore pire que pendant l'invasion des Finns, qui m'a à jamais séparé de ma famille, il y a quatre cycles solaires. Pourquoi aurais-je peur pour cette rebelle minuscule, cette humaine que je ne connais même pas ?

Cela n'a rien de logique, mais je suis submergé par le besoin de la protéger, de l'aider.

Je m'assois à ses côtés, adossé au mur, et je parle à sa silhouette inconsciente, comme si mes mots étaient un échafaudage destiné à la maintenir en l'air, à l'empêcher de tomber. De s'envoler et de nous quitter pour toujours.

Elle tousse – un râle de mort –, et ma poitrine se serre. Je lui touche la main. Elle est de plus en plus froide.

— Elle continue de décliner, dis-je d'une voix forte et pleine d'inquiétude. Il faut en faire plus. Le temps presse.

Je jette un regard à Archer, mais il est occupé avec l'esclave et sa fille.

Domm se lève et va chercher quelque chose dans une trousse de secours.

— Le Dr Daneth a recommandé d'utiliser ça, en cas d'urgence.

Il brandit une grande éprouvette en verre au fond de laquelle se trouve une sorte de substrat jaune.

— Qu'est-ce que c'est ? demandé-je en essayant de la lui prendre des mains.

— Un kit de don du sang. On peut donner un peu du nôtre à Mirelle.

Je croise les bras.

— Je ne suis pas médecin, mais je suis sûr que notre sang n'est pas compatible. Ça la tuerait.

Archer déglutit. Il est de retour à nos côtés après avoir installé les deux autres humaines.

— Ce kit extrait les composantes zandiennes essentielles de notre sang, pas l'hémoglobine et le plasma.

— Comme l'énergie de nos cristaux ? s'enquiert Domm en penchant la tête.

Archer s'éclaircit la gorge et jette un regard à Mirelle.

— Oui, répond-il. Elle perd des forces. Il faut qu'on essaye.

— On ne peut pas se servir des cristaux, directement ? demande Domm en promenant les yeux dans la cabine. Ce serait plus rapide et plus facile, non ?

Archer secoue la tête.

— Il a seulement parlé du kit, au dernier briefing.

Je tends le bras, furieux d'avoir raté cette dernière réunion. Je déglutis.

— Alors fais-le. Comment ça fonctionne ?

— C'est facile, répond Archer en lisant l'étiquette. Colle l'éprouvette à ton bras, et l'aiguille prélèvera ton sang. Le substrat présent dans le tube absorbera tout, sauf les nutriments essentiels à sa guérison.

— D'accord. Je suis prêt.

Je prends une grande inspiration et place l'éprouvette contre mon bras. La piqûre ne fait pas mal, mais elle me surprend, et je regarde mon sang emplir le tube, fasciné par sa couleur et la façon dont il brille à la lumière. Je n'ai pas l'habitude de voir mon sang, en dehors des batailles, et ce flot paisible est étonnamment beau à voir.

Mais l'éprouvette se met à biper et à clignoter en rouge.

— J'ai mal fait ? m'enquiers-je, le cœur battant.

Archer prend les choses en main.

— Non. Mais il ne faut pas prélever trop de sang à un seul Zandien. On ne peut pas se permettre de perdre de l'énergie en pleine mission.

— Mais ça suffira pour l'aider ?

— Pas encore, répond Archer.

— Laisse-moi faire, intervient Domm en retroussant sa manche. Vite.

Son sang est tout juste suffisant pour que la lumière du tube passe au vert.

— Vite. Va le lui donner, dis-je.

Je suis pressé, et je me fiche de trahir l'intérêt que je lui porte face à mes amis.

Lorsqu'Archer colle le tube au bras de Mirelle, elle ne bronche pas. Et durant quelques minutes, rien ne semble changer.

Mais je commence à remarquer de légers changements. Sa peau cireuse et grisâtre commence à rosir, et sa respiration devient un peu plus régulière.

Le soulagement m'envahit.

— Ça fonctionne.

— Tant mieux, dit Domm, dont les épaules se détendent.

Tout mon corps vibre d'inquiétude pour Mirelle. Je ne sais pas pourquoi elle m'envoûte à ce point. Elle a failli entraîner notre mort à tous, avec ses bêtises. Mais *vutain*, cette petite humaine pénible m'intéresse plus qu'aucune autre créature dans l'univers.

Tandis que nous fonçons vers Zandia, Domm et moi nous asseyons à côté d'elle pour lui parler tour à tour, et à notre arrivée, nous nous sommes mis d'accord : cette humaine est à nous, désormais. Et rien ne pourra nous la prendre.

〜

Mirelle

La voix grave du Zandien me berce et me fait oublier ma douleur.

Lanz.

Je le vois de temps à autre, quand j'ouvre les yeux, mais il s'agit de brèves images. Ses lèvres bougent, mais je ne sais pas très bien ce qu'il dit. Me parle-t-il de batailles ?

J'ai envie de dormir, mais sa voix m'encourage à tendre l'oreille. Grave et rocailleuse, elle m'intrigue, et malgré ma lassitude, quand je l'entends, j'ai envie de vivre. Même si j'ai été capturée.

Puis c'est l'autre qui se met à parler, Domm, et mon corps s'éveille. Car quand j'entends sa voix, mes veines dansent et se mettent à pomper plus vite. Je le vois presque dans ma tête. Je suis aux portes de la mort, mais je suis plus consciente que jamais de mon cœur qui bat, de mes veines fines et souples, mais fortes. Une énergie nouvelle se trouve en moi, désormais. Je ne sais pas d'où elle vient, mais je m'y accroche de toutes mes forces et la laisse me porter alors que mon sang circule, encourageant mon corps à se battre.

CHAPITRE QUATRE

M*irelle*

— Non !

Je me réveille en hurlant, le cœur battant, le corps trempé d'une sueur glacée et âcre. J'ai l'épaule en feu et tout mon organisme semble lutter contre moi, mais cette bouffée d'adrénaline est tellement puissante que je parviens à me dégager des liens qui me maintiennent les bras.

— N'approchez pas ! m'écrié-je.

Haletante, je tremble, la vision floue, prise d'un étourdissement. Des formes se font et se défont sous mes yeux, mais tout est sous l'eau, et je n'y comprends rien.

— Reculez !

Je donne des coups, mais cela m'épuise tellement que je me laisse tomber sur mon oreiller trempé. Mes cheveux sentent le fauve mort, leurs mèches collées à mon visage comme des entrailles. Quand je tente de les chasser, de drôles de tubes transparents pendent de mes bras et de mes mains, comme des membres que l'on aurait mis à l'envers.

— Du calme, Mirelle. Personne ne vous fera de mal, dit une voix féminine apaisante, s'immisçant dans ma panique.

— Qui êtes-vous ? Allez-vous-en.

Ma voix est tellement rauque que je ne la reconnais presque pas. Mon cœur bat si vite que je crains de m'évanouir.

— Vous êtes dans une capsule médicale de la planète Zandia. Votre épaule est gravement endommagée, et vous êtes affaiblie.

La partie sur mon épaule est vraie, au moins. La douleur lancinante vide mon corps tout entier de son énergie. Mais je ne sais pas pourquoi et comment...

Des souvenirs remontent, accompagnés par une nausée. Je vomis, penchée en avant pour expulser tout le contenu de mon estomac dans un violent haut-le-cœur.

— Vous allez vous en sortir.

La voix est tellement rassurante que j'ai presque envie de la croire, mais je ne suis pas dupe. Car à présent que j'ai retrouvé la mémoire, je comprends où je me trouve.

— Si vous arrêtez de lutter, je ne vous rattacherai pas les bras.

Je suis sur Zandia. Prisonnière. Il n'y a pas pire, pour une combattante de la liberté.

Enfin si, il y a pire. Esclave sur un vaisseau ocrétien, par exemple. Ou vendue aux enchères comme les deux humaines que j'ai secourues. Ou... Bon, ce que je veux dire, c'est qu'il y a beau avoir pire, ma situation n'est pas enviable. Parce que si je n'ai pas réussi à échapper à trois Zandiens, comment échapper à leur planète au complet ?

La propriétaire de la voix me nettoie avec de petites mains fraîches et efficaces. Et... *humaines*.

Avec une exclamation, je la regarde. Je cligne des paupières, et ma vue s'éclaircit quelques instants.

— Vous êtes humaine ?

Je frissonne lorsqu'elle m'enlève ma tunique.

— Elle est trempée de sueur. Et de vomi. Je vais vous donner une tunique sèche.

Elle croise mon regard et répond enfin :

— Oui. Je m'appelle Bayla.

Je tousse.

— Vous êtes esclave ici ? Et on vous laisse travailler à l'infirmerie ?

Elle place un tube d'hydratation dans ma bouche.

— Je ne suis plus esclave. Je travaille avec le médecin. Je suis sa compagne.

— Je ne comprends pas.

— Ne vous fatiguez pas, s'il vous plaît. Vous aurez tout le temps de poser des questions plus tard. Pour l'instant, concentrez-vous sur votre guérison.

— Non, il faut que je sache ça tout de suite.

Je lutte pour m'asseoir, et une nouvelle pellicule de sueur se forme sur mon front, que Bayla vient de nettoyer et d'envelopper dans un tissu doux.

Elle s'assoit au bord de la capsule et me prend par la main. Je me mets presque à pleurer à ce contact, et je serre sa main dans la mienne. Alors, mes larmes se mettent bel et bien à couler, car j'ai trouvé une autre humaine, et elle n'est pas en danger.

— J'étais esclave. Les Zandiens m'ont sauvée, et je me suis accouplée à l'un d'eux. À présent, je suis libre et je vis ici, en tant que membre de la société zandienne.

— Mais les Zandiens réduisent les humaines en esclavage. Ils les achètent. Abusent d'elles. Tout le monde le sait.

— C'est vrai qu'ils en achètent, répond-elle en me caressant la main. Ils ont besoin de nous, ici. Les Zandiens sont au bord de l'extinction, et seules deux Zandiennes capables d'enfanter habitent la planète. Les humaines font de bonnes compagnes pour les mâles.

— Alors vous servez d'esclaves reproductrices.

— C'est plus compliqué que ça.

— Compliqué, ça veut dire qu'on n'est pas libres.

— Il faut que j'examine votre épaule. Vous permettez ?

— Oui.

Je la regarde ôter mes bandages, qui collent à peine à ma blessure.

— C'est bien, déclare-t-elle d'un ton satisfait. Les bords de la plaie se ressoudent comme il faut. À votre arrivée, vous aviez perdu beaucoup de sang. Sans parler des dégâts causés par la brûlure.

Je suis fascinée.

— Comment est-ce que j'ai pu guérir aussi vite ? C'est impossible.

— L'appareil de soin a été utile, répond-elle en ramassant quelque chose à mon chevet. Il s'agit d'un nouveau kit mis au point par l'une de nos humaines, qui étudie pour devenir médecin.

— Ah bon ?

Je me penche en avant, tous mes sens en alertes. Des humaines étudient la médecine sur cette planète ? Si seulement j'arrivais à en emmener une sur Jesel !

— Oui. Mais ce qui vous a vraiment sauvé, c'est le sang que vous ont donné deux guerriers zandiens à bord du vaisseau.

— Du sang zandien ?

— Vous ne vous en souvenez pas ?

Je secoue la tête.

— Après ma blessure, je n'ai plus trop de souvenirs.

Je me rappelle les deux Zandiens, cependant. Leurs mâchoires carrées et leurs cornes. Leurs yeux vifs. Leurs corps imposants et musclés, fermes et puissants.

La chaleur monte entre mes cuisses, et ma réaction me stupéfait. Est-ce le fait d'avoir entendu que je risquais de devenir une reproductrice pour Zandiens ? Je frissonne, et pourtant, la chaleur ne fait que s'intensifier. À l'idée que ces deux grands mâles me pénètrent, je serre les cuisses et soulève le bassin. Seraient-ils aussi agiles au lit que sur le champ de bataille ?

Je secoue la tête pour renvoyer cette idée au néant, et je me rallonge pour dévisager Bayla.

Dès qu'elle me quitte des yeux, je tente de passer la pièce en revue, de mémoriser son agencement, ses issues, les objets qu'elle contient. Enfin, quand mes yeux me le permettent. Ma vue n'arrête pas de se troubler. Les nouvelles sont bonnes. Il y a des tonnes de choses susceptibles de servir d'armes. Même affaiblie comme je le suis, je pourrais tuer cette humaine sans problème.

Mais je n'en ferai rien. Elle est de ma propre espèce, et je ne ferais jamais de mal à une autre humaine, une personne innocente. Bien sûr, si l'humaine en question agissait comme... Je frémis et repousse de vieux souvenirs d'enfance que je ne préfère pas déterrer.

— Vous cherchez une arme de fortune ? me demande Bayla avec un sourire.

Je me renfrogne. Elle a lu en moi beaucoup trop facilement.

— Je m'intéresse à ce qui m'entoure.

— Je sais que vous êtes une battante. On le sait tous.

Je ne réponds pas.

Elle me prend de nouveau par la main. Je la laisse faire.

À voix basse, elle ajoute :

— Vous vous trouvez dans une situation inédite. Mirelle, c'est bien ça ?

Je hoche la tête. La façon dont elle me touche la main est tellement gentille que ma poitrine se serre. Douce Terre mère, ma blessure m'a vraiment perturbée. Il faut que je me reprenne.

— Vous n'êtes pas une esclave, mais vous n'êtes pas libre non plus.

— Je suis une prisonnière de guerre, dis-je d'une voix monocorde.

Elle se mord la lèvre.

— Eh bien, pas tout à fait.

— Je suis perçue comme une menace ?

Je tords le cou pour regarder par la porte, mais elle est fermée. Je ne peux pas voir qui – ou quoi – monte la garde derrière.

— Oui, répond-elle.

Elle déglutit. Détourne les yeux.

— Et on vous laisse quand même ici toute seule ? Personne ne s'inquiète ?

Elle sourit brièvement.

— Je ne suis pas vraiment toute seule. J'ai une unité de communication, dit-elle en se touchant le poignet. Et il n'y a jamais de violence entre humains. Pas entre femmes, en tout cas. C'est pratiquement une règle universelle.

— Une règle universelle, répété-je. Oui.

— Parce qu'on est tous dans le même bateau. En plus, le docteur est là, lui aussi.

Je tourne brusquement la tête, surprise. Comment ai-je pu le rater ? C'est un Zandien, plus âgé que les guerriers du vaisseau, mais grand et impressionnant quand même. Il arbore une expression profondément curieuse et a des yeux intelligents. Il se tient en retrait, mais j'aurais dû l'apercevoir du coin de l'œil.

Mes réflexes sont chamboulés. La panique m'envahit, et je me mets à respirer trop vite.

— Il va vous examiner, Mirelle. Je veux que vous gardiez votre calme. Vous voulez bien faire ça ?

Je hoche la tête tout en scrutant le moindre geste du médecin.

— Oui, réponds-je.

Garde ton sang-froid. Fais des repérages. Prépare la suite.

— Que va-t-il m'arriver ?

Poser des questions me fatigue, et j'ai la tête qui tourne. Ma vue se trouble à nouveau.

Le docteur me répond :

— Quand vous aurez repris des forces, vous comparaîtrez devant le roi Zander, notre souverain. C'est lui qui décidera de votre sort.

Ses mains sont vives et professionnelles. Il inspecte ma plaie et fait quelque chose avec un instrument.

Sa réponse n'est pas très prometteuse, mais je recommence à perdre connaissance, et je n'arrive pas à lutter.

— Comment vous vous appelez, déjà ? demandé-je.

Il dit son nom, mais j'ai déjà basculé, et le monde se transforme en brouillard alors que mes paupières se ferment.

~

Domm

Le roi Zander pose la main sur son poignard. Ses cornes se dressent tandis qu'il nous dévisage tour à tour.

Il se met à faire les cent pas.

— Résumons, dit-il. Une rebelle humaine a volé les esclaves que vous aviez achetées aux enchères, vous a échappé, a attiré l'attention des Ocrétiens et est responsable du sauvetage le plus raté de tout le cycle solaire ?

Archer et Lanz se balancent d'un pied sur l'autre.

— C'est exact, Majesté, réponds-je en baissant la tête. Elle se remet d'une grave blessure qui a failli la tuer. Elle a collaboré avec nous pour distraire l'Ocrétien et sauver notre vaisseau. Elle s'est bien battue, et elle s'est même servie de ses compétences humaines pour le manipuler.

Notre souverain ne dit rien. Il se tourne vers Maître Seke.

— Qu'en pensez-vous ?

— Ses talents m'intriguent. Les techniques martiales que vous me décrivez laissent entendre qu'elle a bénéficié d'un entraînement poussé et qu'elle possède des réflexes supérieurs à la moyenne. Y a-t-il d'autres humaines comme elle ? Nous devrions nous renseigner, Majesté. Elle pourrait être bénéfique à notre société. Ses gènes seraient dignes d'être mêlés aux nôtres pour les futures générations de guerriers.

— Nous pensons qu'elle était en route pour Jesel, intervient Archer. Et qu'elle a déjà fait ça. Plus d'une fois.

— Comment le savez-vous ?

Lanz s'avance.

— À cause de sa familiarité avec tout le processus. Je pense qu'elle a l'habitude de sauver des humaines et de les mettre en sécurité.

— De voler des humaines, tu veux dire, rétorque Archer. Et si tu trouves que Jesel est un endroit sûr... Les Ocrétiens attaquent régulièrement cette planète, sans parler des pirates qui s'y arrêtent. C'est l'anarchie, là-bas. Les humaines sont autant qu'ailleurs à la merci des hommes. Ceux de leur propre espèce. Je me demande comment un être survivrait là-bas. C'est encore pire qu'avant. Les habitants de Jesel seront sans doute bientôt tous morts.

— Ceux qui survivent doivent avoir une volonté de fer, dis-je en songeant à la force et au courage de Mirelle.

— La véritable question, c'est qu'allons-nous faire d'elle, coupe le roi en levant la main. J'accepte d'écouter vos suggestions, puisque c'est vous qui l'avez appréhendée.

— Domm et moi souhaitons la garder, Majesté, répond Lanz. Si des Zandiens doivent s'accoupler avec elle, ce devrait être nous. Elle nous appartient.

Un tic dans ses mâchoires prouve à quel point sa requête est passionnée. Je le maudis intérieurement d'avoir tout gâché. Nous avons une chance d'obtenir ce que nous désirons, à condition d'agir avec respect et honneur.

— Elle vous appartient ? répète notre souverain en haussant un sourcil.

Son ton est glacial, car Lanz a indubitablement dépassé les bornes.

J'incline la tête.

Je m'empresse d'intervenir pour arrondir les angles et faire comprendre notre point de vue au roi :

— Majesté, nous avons donné notre sang pour la sauver. Tous les deux. Nous sommes liés, même si nous ne l'avons pas encore percée avec nos cristaux. Nous la formerons et l'acclimaterons à la vie zandienne.

— Comment ?

J'ose affronter son regard.

— En l'emmenant avec nous. En mission. Ou en vivant avec elle sur Zandia. Nous lui montrerons qu'elle nous appartient, désormais. Nous lui apprendrons à respecter l'autorité zandienne. À s'y soumettre. À intégrer la société.

Les humaines sont très réceptives aux punitions sexuelles, d'après les chanceux qui en ont pour compagnes. Mon membre s'éveille. Je pense aux cheveux roux de notre petite guerrière, à ses yeux vifs. Oui, je brûle de m'accoupler à cette humaine rebelle. De la faire mienne. De la dominer afin de lui prodiguer du plaisir et de la rendre obéissante.

Lanz s'éclaircit la gorge.

— Nous pourrions nous servir de ses compétences pour le bien de Zandia, Majesté.

— Quand elle aura accepté que sa nouvelle vie est ici, elle sera un atout pour notre planète, renchéris-je. Et pour nous.

Le roi nous dévisage.

— Pour vous deux ? Vous en avez discuté, vous êtes conscients des responsabilités qu'un tel lien implique ?

— Nous sommes prêts, réponds-je d'un ton ferme. Nous avons combattu côte à côte, et nous sommes amis. Nous passons déjà le plus clair de notre temps ensemble.

— Mais vous ne partagez pas le même domicile, dit le roi d'un ton sceptique.

Lanz se renfrogne.

— Ce ne sera pas un...

Je le coupe :

— D'autres groupes se sont seulement installés ensemble lorsqu'ils ont obtenu une compagne.

Le roi jette un regard à Seke, avant de se tourner vers nous.

— Je vous autorise temporairement à vous accoupler à la prisonnière humaine. Vous pouvez en faire votre compagne et la réhabiliter pour qu'elle s'adapte pleinement à la vie sur Zandia. Mais je referai un point avec vous dans quelques cycles lunaires pour m'assurer que votre lien est positif pour notre planète et pour vous, qui comptez parmi nos plus féroces guerriers. Vous ne pouvez pas vous permettre de vous laisser distraire.

Nous nous inclinons tous les deux.

— C'est d'accord, Majesté. Merci.

— Votre objectif est de neutraliser la menace qu'elle pourrait représenter. Poussez-la à respecter les lois et les coutumes zandiennes. Convainquez-la de mettre ses talents à profit pour aider et protéger les citoyens de notre planète. Encouragez-la à prendre activement part à la société. Sans cela, je considérerai que vous avez échoué.

Ce sera tout ? ai-je envie de demander, mais on ne parle pas à son souverain sur ce ton. En plus, il a raison. Si nous ne sommes pas capables d'accomplir ces choses, elle ne trouvera pas sa place sur Zandia. Je suis surpris de sentir l'angoisse monter en moi face à la perspective d'un échec.

— C'est compris, réponds-je en hochant la tête. Nous n'échouerons pas.

— Veillez à faire du bon travail avec elle.

Il commence à s'éloigner, avant de se retourner.

— Le Dr Daneth pourra vous conseiller sur les techniques appropriées pour la... dresser.

Tout mon corps prend vie à l'idée de conditionner notre petite humaine. *Vutain*, je vais vivre les plus beaux moments de ma vie.

~

Mirelle

Je suis en train de vivre le pire moment de ma vie.

Non, le pire, c'était la mort de ma sœur.

Mais ce moment-là n'est pas loin derrière.

Parce que je suis sur le point d'être donnée aux deux guerriers qui m'ont capturée. En tant que compagne.

Pas en tant qu'esclave, m'a-t-on assuré.

Mais bien sûr.

Ils jouent sur les mots. Si je suis coincée sur Zandia sans pouvoir rentrer chez moi et que je suis obligée de servir deux nouveaux maîtres, qu'est-ce qui me distingue d'une esclave ?

Ils s'apprêtent à venir me récupérer, leur nouvelle *propriété*, à l'infirmerie. Alors que je les attends, j'ai l'impression d'être une prisonnière menée à l'échafaud.

Bayla est aux petits soins. Elle s'active autour de moi et me prépare des bandages et des médicaments. Un onguent dans son joli tube argenté. Des vêtements, soigneusement pliés, leurs bords bien droits. Une brosse pour mes cheveux, une boîte de savon à l'odeur fraîche et sucrée.

— Il est fabriqué à partir de fleurs qui poussent sur les terres de Torin, me dit-elle, comme si j'en avais quelque chose à faire, de cette personne et de ses activités.

Mais elle éveille ma curiosité lorsqu'elle ajoute :

— Elle a aussi inventé cet onguent, qui aide à estomper les cicatrices, avec le temps.

— C'est vrai ?

Je prends le tube argenté et l'examine, comme si l'emballage pouvait me donner des détails sur la femme l'ayant mis au point.

— Une esclave ?

— Pas une esclave, répond Bayla.

Elle a parlé d'une voix égale, mais je perçois sa légère

lassitude. Elle me le répète à chaque fois que nous parlons d'une femme de notre espèce présente sur Zandia.

— C'est une humaine qui est citoyenne zandienne, désormais. Elle a créé de nombreux produits très utiles à notre planète.

— Si les humaines sont traînées ici de force et qu'elles n'ont pas le droit de partir, alors techniquement, ce sont des esclaves... non ? Même si tu cherches à enjoliver la réalité.

Je vois bien qu'elle aimerait argumenter, car son visage prend l'expression déterminée que je reconnais désormais très bien.

J'aime beaucoup Bayla, d'ailleurs. Elle est intelligente et gentille. Et pour être honnête, je suis intriguée de la voir aussi endoctrinée, convaincue que la vie sur Zandia est merveilleuse pour les humaines.

Elle représenterait une excellente acquisition pour Jesel. Un être avec son cerveau et ses connaissances médicales ? Nous avons désespérément besoin de quelqu'un comme elle si nous voulons espérer survivre. Mais parvenir à dépasser le lavage de cerveau qu'elle a subi sera un défi.

Il me faudra faire semblant de trouver ma place ici, si j'y parviens. J'attendrai mon heure. Je gagnerai la confiance des Zandiens. Je finirai bien par trouver une occasion de voler une navette pour m'enfuir. Quitter cet endroit sans qu'ils retrouvent ma trace. Je ne sais pas encore comment, mais je suis futée. Je trouverai une idée. Mon objectif est de sauver des humains, et mon arrivée sur cette planète est peut-être mon destin. Car ici, de nombreuses humaines ont besoin d'être secourues.

Je repense soudain à quelque chose, et je me touche le cou. Rien.

Je déglutis et laisse retomber ma main. Ce n'est pas si grave.

— C'est ton collier que tu cherches ? demande Bayla.

Elle ouvre une boîte, et j'entends son loquet cliqueter.

— La chaîne est cassée, mais le pendentif est intact. Je l'ai retrouvé emmêlé dans tes cheveux couverts de sang.

Alors qu'elle me tend le collier, elle ajoute :

— Je l'ai mis de côté. Il m'a semblé important.

Je retiens mon souffle, et mes doigts se mettent à trembler alors que la chaîne tombe dans ma paume.

Je m'éclaircis la gorge.

— Merci.

— C'est une flamme ? En argent ?

Bayla se penche en avant avec curiosité. Comme une amie, pas une geôlière. Ses questions ne me dérangent pas. Et je n'ai jamais vraiment eu d'amies. Une part de moi se repaît goulûment de ces miettes d'interactions humaines.

— Oui, réponds-je en hochant la tête.

J'ouvre les doigts pour révéler le collier, avant de serrer à nouveau.

— C'est superbe, dit-elle avec enthousiasme. Il n'y a pas d'argent sur Zandia, mais il est possible d'en importer. Bien sûr, la coquetterie, ce n'est pas la priorité, en ce moment.

— Je ne le portais pas par coquetterie.

Je plisse les yeux pour les obliger à coopérer. La chaîne est brisée, c'est tout. Avec une pince et un fer à souder, je le réparerai facilement... mais non. Je ne le ferai pas.

— C'est une sorte de talisman ?

En voyant mon expression, Bayla prend un air plus grave.

— Pardon. J'arrête de poser des questions, si c'est un sujet sensible.

Je hoche la tête. J'arrive à peine à réfléchir, là, alors je ne suis pas en état de raconter ma vie. De parler de ma mère, de ma sœur, et de la façon dont mon père et moi sauvons des humains en leur honneur. Cette flamme était un cadeau de ma mère, que je n'ai jamais connue.

— Écoute, j'ai une idée, annonce Bayla.

Elle se dirige vers un meuble et revient avec un mince fil blanc.

— Du fil de suture. C'est très résistant. Tu peux t'en servir pour nouer les deux extrémités de la chaîne, comme ça tu pourras porter ton collier.

J'ai les mains tremblantes, alors elle me prend la chaîne des mains pour nouer adroitement le fil de suture.

— Tiens. Enfile-le.

— Merci.

Retrouver mon collier me réconforte, même si le pendentif tombe un peu plus bas qu'avant, une sensation étrange, différente. Je passe le doigt sur la flamme et prends une inspiration.

— C'était très gentil de ta part, dis-je.

Ou très malin. Si ça se trouve, il s'agit d'une technique destinée à gagner ma confiance, à me pousser à baisser ma garde. À me laver le cerveau comme les autres humaines de Zandia. C'est ce que je ferais, à sa place.

— Et ça te surprend, dit-elle.

C'est une affirmation, pas une question. Je ne réponds pas. Elle me touche la main.

— Ce n'est pas une ruse. Vivre ici, c'est la meilleure chose qui me soit arrivée, et je veux que ça te plaise, à toi aussi.

Sa voix est tellement sincère que durant un instant, je la crois presque.

Je suis sur le point de répondre, mais quelqu'un sonne à la porte.

— Les voilà, annonce Bayla.

Elle glisse les articles qu'elle a rassemblés dans un sac

en tissu.

— Tu es prête à rencontrer tes compagnons ?

— On s'est déjà rencontrés, alors... commencé-je d'un ton sarcastique.

Mais la porte s'ouvre, révélant mes nouveaux propriétaires. Maîtres. Et mes mots restent en suspens, car douce Terre mère, les voir à la lumière de la planète, loin du brouillard de la bataille et de ma fuite, me permet de constater à quel point ces guerriers sont intimidants. Ils font au moins deux mètres dix, sans les cornes, et leurs épaules sont deux fois plus larges que les miennes. Chaque ligne de leurs corps est bordée de muscles fermes.

Je me plaque une main sur la bouche et fais un pas en arrière. Leurs yeux bruns me dévisagent. Leurs cornes s'inclinent dans ma direction. Je sens presque les phéromones dans l'air, et mon corps y répond instantanément. Une chaleur se répand dans mon bas ventre.

Je n'avais encore jamais ressenti une chose pareille face à un autre être. Et encore moins face à deux individus. Je ne comprends pas ce qui m'arrive.

— Euh...

Je suis sans voix.

Lanz s'avance.

— Mirelle. Tu as meilleure mine. Je suis Lanz, et voici Domm. Tu vas venir avec nous.

Je lève le menton.

— Je me souviens de vous. J'imagine que je n'ai pas le choix.

— Non, confirme-t-il en me regardant sans ciller. Tu n'as pas le choix.

Leur expression est insondable.

— Pas une esclave, grommelé-je à Bayla en lui jetant un regard noir.

Elle me touche le bras.

— S'il te plaît, reste ouverte d'esprit. Tu constateras bientôt qu'il s'agit d'une vie agréable.

— J'avais une vie agréable. J'étais *libre*, une chose que la plupart des humains ne connaissent jamais. Je n'ai pas besoin d'une nouvelle vie.

J'ai répondu en mode automatique, car je n'arrive pas à quitter Lanz des yeux. Son torse et ses bras sont forts, puissants. Son regard est torride, et quelque chose chez moi devient tout chaud et mou, et mes veines se mettent à fourmiller. Ma respiration devient haletante.

Je fronce les sourcils.

— Vous pouvez me forcer à vous suivre, mais je ne me soumettrai jamais à vous.

— On verra, dit le plus grand, Domm, d'un ton nonchalant, tout en m'observant avec intensité. Tu auras peut-être des surprises.

Il fait un pas en avant.

— Tant que tu n'auras pas prouvé que tu es digne de confiance, je suis désolé, mais nous devrons te menotter avec des bracelets magnétiques.

— Parce que tu te bats comme un *vipn*, explique Lanz, au cas où je n'aurais pas bien compris.

Je lève les yeux au ciel.

— C'est censé être un compliment ?

— Les *vipns* tuent des êtres à chaque cycle solaire, m'explique Bayla à voix basse.

— Tends les mains, m'ordonne Domm. Les poignets collés.

Je fulmine.

— Ils sont redoutables, ces *vipns* ? demandé-je, les joues brûlantes, en regardant Bayla.

Je crains d'avoir une expression suppliante et enfantine

au visage. J'ai une drôle de boule dans la gorge.

— Oh, il n'y a pas pire, m'assure-t-elle en tapotant mon épaule indemne.

Légèrement amadouée, je tends les poignets vers les bracelets magnétiques. Une part de moi a beau mourir face à ma capitulation, l'alternative – me battre sans espoir de victoire – ne serait pas très intelligente.

— Tu nous as surpris, c'est sûr, dit Lanz en s'avançant pour tester les bracelets. Ils ne sont pas trop serrés ?

Il glisse un doigt entre le métal et ma peau.

— On ne veut pas te faire de mal.

— Tu es une combattante impressionnante. On est impatients d'en apprendre plus à ton sujet, déclare Domm.

— Vous n'apprendrez rien du tout.

Domm hausse un sourcil, et sa voix puissante envahit la pièce :

— Tu es intelligente, et là, tu sais que ta seule option est de nous accompagner voir notre roi. Tu te montreras respectueuse et polie, si tu ne souhaites pas finir dans une geôle zandienne.

Je ne suis pas assez bête pour argumenter, alors je hoche brièvement la tête. Je lève le menton. Douce Terre mère, c'est encore plus difficile que je l'avais imaginé. Mais je songe à toutes les femmes que j'ai sauvées de situations terribles. Au moins, mes ravisseurs sont beaux et séduisants, et ils semblent... gentils. À leur façon. Ça aurait pu être pire.

— Qu'est-il arrivé à... commencé-je, avant de cligner des yeux, car je ne suis plus sûre de connaître leurs noms.

— Elles se trouvent à l'infirmerie, elles aussi, répond Lanz en me prenant par le bras. Viens.

Nous parcourons un couloir.

— Elles sont blessées ? Qu'est-ce qui va leur arriver ?

— Elles sont surtout éprouvées psychologiquement.

Archer, qui se trouvait dans notre vaisseau, les aide.

Je serre les poings, en colère et désemparée.

— J'ai besoin de leur parler. Je n'ai jamais pu leur demander leurs noms. Ou leur histoire.

— Pas pour l'instant.

La surprise s'empare de moi. Je ne m'attendais pas à ce qu'il accepte.

— Quand ?

— Quand elles auront récupéré et que tu te seras... acclimatée.

— J'ai échoué à les sauver.

Ils s'arrêtent. Domm se tourne vers moi d'un air grave, et sans réfléchir, je fais un pas en arrière, prête à me battre. Mon cœur bat déjà la chamade. Mais non. Je suis menottée. En infériorité numérique. Je soupire.

Domm cligne des yeux, puis pose les yeux sur Lanz avant de se tourner de nouveau vers moi. Je ne peux pas m'empêcher de me crisper à nouveau. Je sais qu'il le perçoit. Les guerriers sont au diapason de tous les êtres qui les entourent.

À ma grande surprise, il se penche pour mettre son visage au même niveau que le mien, d'un air curieux.

— En quoi as-tu échoué ? demande-t-il.

— Je... Elles sont ici. Captives. J'étais censée les mettre en sécurité.

Le fait qu'il se mette à mon niveau a chassé mes tensions. Mes épaules se détendent.

— Elles sont en sécurité, ici, dit-il.

Il prend mes mains menottées dans les siennes, grandes et chaudes, presque rassurantes. Mais ce n'est pas bien. Je ne peux pas croire ce qu'ils essayent de me vendre.

— Ce n'est pas pareil, rétorqué-je. Elles ne sont pas libres.

Domm se redresse de toute sa taille.

— Je pense que tu devrais réfléchir au type de liberté qu'elles auraient connu sur Jesel. Mmm ?

Il hausse un sourcil, et je serre les dents.

— Nous n'avons pas de maîtres, là-bas. Nous sommes maîtresses de nous-mêmes.

— J'ai plutôt l'impression que vous êtes à la merci des Ocrétiens, quand il leur prend l'envie d'attaquer. Et n'y a-t-il pas d'innombrables luttes de pouvoir entre les humains qui y vivent ? D'après ce que j'ai entendu, cet endroit ne vaut pas beaucoup mieux qu'une colonie pénitentiaire, sans foi ni loi.

— On fait des progrès, répliqué-je d'un ton sec.

Mais mon sang s'est glacé. Mon père ne rajeunit pas. Les attaques venues du nord sont de plus en plus violentes, ces derniers temps, et Domm n'a pas tort au sujet des Ocrétiens. Dès qu'ils ont découvert que les humains avaient une base secrète, ils l'ont pillée. Ils ont enlevé tous les jeunes qui n'avaient pas eu le temps de se cacher dans les grottes. J'imagine qu'ils reviendront bientôt, pour mettre la main sur d'autres humains. Jesel est aux portes de la mort. Du moins pour les membres de mon espèce.

— Quels progrès ? demande-t-il.

Le ton de sa voix, un mélange de compassion et d'incrédulité, me met en colère.

— C'est top secret.

Il éclate de rire, puis se retourne pour dire quelque chose d'incompréhensible en zandien. Mais vu la façon dont les deux hommes me regardent d'un air appréciateur, je suis sûre qu'il s'agissait d'un commentaire sexuel inapproprié.

Enfin, si je suis censée me reproduire avec eux, ils estiment sans doute que c'est parfaitement approprié.

CHAPITRE CINQ

M *irelle*

— QUAND TU VERRAS LE ROI, incline la tête et appelle-le Majesté, m'explique Domm d'un ton ferme. Compris ?

— Oui, Majesté, répliqué-je d'un ton faussement respectueux en levant les yeux au ciel. Absolument, mon Seigneur et Maître.

Les deux hommes semblent ravaler un sourire, ce qui m'étonne. Je n'ai jamais eu de maîtres, mais je m'attends à voir apparaître un bâton électrifiant d'ici peu.

Domm pose une main sur mon bras.

— Mirelle, ne m'oblige pas à te punir si vite.

Ah, voilà les menaces auxquelles je m'attendais.

— Me punir ?

— Nous savons que les humaines ont besoin de punitions et de stimulation sexuelle pour se lier à leurs compagnons.

Je m'arrête net.

— Pardon ?

Qu'est-ce qu'ils racontent ? *Punitions et stimulation sexuelle ?*

Lanz se retourne, et je vois son air amusé avant qu'il le cache.

— Oui. De petites corrections qui visent vos parties féminines. Vos fesses et vos seins nus.

Comme si être mentionnés les avait réveillés, mes tétons se dressent, et mes fesses se serrent. De la chaleur envahit mon aine.

Lanz et Domm se rapprochent, comme si ma honte les attirait. Leurs iris passent du brun au violet, et leurs cornes semblent s'épaissir. S'allonger. Durcir, même.

— Vous ne pouvez pas me donner la fessée, protesté-je en écarquillant les yeux. Ce n'est pas... Non.

— En tant que maîtres, il est de notre devoir de former un lien avec toi pour te réhabiliter.

— Mais de là à me... fesser ?

Je n'arrive pas à assimiler ce que j'entends. Je m'étais préparée à toutes sortes de tortures abominables, mais ce dont ils parlent me met dans tous mes états. Des punitions sexuelles ? Humiliantes, intimes... Mon sexe se contracte alors qu'une nouvelle vague de chaleur me submerge tout entière.

— Exactement, dit Lanz en me montrant une porte. À présent, nous allons entrer dans cette pièce, et tu demanderas l'asile sur Zandia avec politesse et contrition.

— Je ne crois pas que...

Domm pose une grande main sur mes fesses et se met à les pétrir. S'il s'agit d'un avertissement, ce n'est pas ainsi que mon corps l'interprète. Je suis obligée de me tortiller et de serrer les cuisses pour me soulager.

— Tu seras polie, ordonne-t-il.

Il me donne une claque sur les fesses. Plutôt une petite tape, en fait.

Mon clitoris me lance.

— Tu seras repentante.

Ses grands doigts se ferment sur l'une de mes fesses pour la pétrir sans ménagement.

— C'est bien clair ?

— Arrête !

Je tente de me dégager. J'ai le visage en feu, mais cette chaleur n'arrive pas à la cheville de celle que je ressens sous la ceinture.

Lanz saisit mes poignets liés et me colle à son torse sculpté. Domm se place derrière moi, sa main toujours sur mes fesses. Je laisse échapper un soupir surpris. Hier, j'étais une guerrière à la tête de mon propre vaisseau. Aujourd'hui, je me retrouve menottée, fessée par un extraterrestre musclé. Heureusement que nous sommes seuls dans le couloir.

Domm me donne une nouvelle tape sur le derrière avant de le caresser, non loin de mon entrejambe. J'étouffe un gémissement. Tout mon corps s'éveille, chaque terminaison nerveuse vibre. Mes fesses et mes cuisses frémissent, et une envie irrésistible monte en moi en me coupant le souffle.

Je n'ai jamais connu le plaisir entre les mains d'un homme, mais en cet instant, je sais que c'est possible. Comme si je réalisais que le meilleur restait à venir, et que j'en avais envie. Tout de suite.

Je prends une grande inspiration et émets un petit gémissement. Par les étoiles, que m'arrive-t-il ?

Domm me caresse encore et encore, jusqu'à ce que je me colle à sa main, sans même réaliser ce que je suis en train de faire.

— *Vutain*, je crois qu'elle aime ça, murmure Lanz en pinçant l'un de mes tétons.

— Elle adore ça, tu veux dire. Magnifique.

Domm se penche sur moi, et sa bouche effleure mon épaule.

— Mirelle.

Il me retourne et me prend le menton. Il ne semble pas en colère et je n'ai pas peur de lui. Ses yeux violets scintillent comme des pierres précieuses.

— Je veux que tu m'écoutes. Si tu veux quitter cette pièce avec nous, tu dois respecter notre roi. Sinon, tu risques de finir dans une geôle. J'essaye de t'aider.

— Me... me donner la fessée, ça m'aide ?

Ce n'était pas vraiment une fessée. Plutôt... quelque chose de beaucoup plus délicieux. Mais je suis troublée par la façon dont leurs menaces m'ont excitée, et ma voix est dénuée de mordant.

— Te faire discipliner peut t'aider, si tu fais confiance à l'être qui te punit.

Il m'adresse un sourire carnassier, comme s'il songeait aux millions de châtiments qu'il aimerait m'infliger.

— Faire confiance, répété-je.

Puis-je leur faire confiance ? Je ne peux pas m'empêcher d'admirer le visage de Domm. Ses lèvres.

Il m'attire contre lui.

— Si on avait plus de temps devant nous, on te le prouverait tout de suite. On te punirait...

Sa main glisse entre mes cuisses et effleure mon sexe.

— Et on te récompenserait.

Mon cœur bat à tout rompre.

— Je ne...

— On va t'aider à t'acclimater à la vie zandienne, intervient Lanz en se collant à mon dos. Je t'assure que tu n'as pas besoin de nous craindre. Enfin, pas trop.

Il me tire doucement les cheveux, puis caresse mes fesses légèrement endolories. Je grogne à ce contact et envisage de me dégager. Mais c'est tellement bon de le sentir, et il est assez proche pour que je sente la chaleur de sa peau. Son souffle dans mon cou. Et ça me plaît. Un autre fourmillement monte en moi, dans mes tétons, cette fois, accompagné d'un profond désir dans mon ventre. Je ne peux pas m'empêcher de gémir à nouveau.

— *Vutain*, je crois qu'elle est prête à... commente Lanz, en ajoutant quelque chose en zandien d'un ton satisfait.

J'ignore ce qu'il vient de dire, mais en tout cas, ça me fait envie. Mon corps est impatient de connaître... quelque chose. Je me suis déjà touchée, seule dans ma chambre, mais là, je ressens quelque chose d'inédit.

— On n'a pas le temps, répond Domm en jetant un œil à son bracelet de communication.

Lanz sourit.

— Au contraire, je pense qu'on devrait trouver le temps nécessaire. Elle sera docile et obéissante, après sa punition et sa récompense.

— Excellent argument.

— Ça la mettrait d'humeur plus soumise avant de parler à notre roi.

— Bon, c'est d'accord.

Soudain, Domm me soulève dans ses bras et me jette sur son épaule.

— Repose-moi ! protesté-je en lui donnant des coups avec mes jambes.

— Silence, dit-il d'un ton presque nonchalant avant de m'asséner une claque sur les fesses. Ton boulot, c'est d'écouter et d'obéir. Et le nôtre, c'est de te donner la fessée avant de te procurer le plus grand plaisir de ta vie. Ça te paraît équitable ?

— Non ! m'écrié-je en recommençant à me débattre. Attends. Quoi ?

Il éclate de rire.

— Sauf si tu préfères qu'on s'en tienne à la punition. Dans ce cas, continue de me marteler de coups avec tes pieds minuscules.

— Grrr !

Je suis tellement en colère que je suis prête à exploser, mais dans ma situation, je suis impuissante. Cela me rend folle de savoir que je suis aussi puissante qu'une humaine peut l'être, que j'ai déjà eu le dessus sur ces guerriers, mais que je suis actuellement prisonnière de ses bras. Des bras très puissants et musclés, je ne peux pas m'empêcher de le remarquer. Je sens l'odeur de sa sueur masculine, qui fait décidément de l'effet à mon corps, car des vagues de désir me parcourent.

C'est ce que l'on doit ressentir, lorsqu'on a envie d'un autre être. J'ai lu des choses là-dessus, mais je pensais qu'il s'agissait d'une exagération. Parce que la seule fois où sur Jesel, on m'a forcée à...

— Qu'est-ce qui ne va pas ? me demande Domm en me posant dans la pièce où nous venons d'entrer. Tu t'es crispée.

Il passe une main dans mon dos et s'arrête juste avant mon épaule.

— *Vutain*. Tu n'as pas suffisamment guéri. Je n'aurais pas dû...

Je prends une grande inspiration et fais un pas en arrière.

— Mon épaule va bien. C'était un souvenir.

— De nous ? demande Domm en me regardant d'un air sérieux.

— Un souvenir très lointain.

Je ne sais même pas pourquoi je lui raconte ça. Ça n'a pas d'importance. Mais pour la première fois de ma vie, j'ai envie de faire confiance à un inconnu. Un être qui ne soit pas un membre de ma famille. Même si cet être vient de me menotter.

— Si un être t'a fait du mal, je le réduirai en pièces, grommelle Lanz.

Je laisse échapper un petit rire.

— Tu vas être très occupé, alors. Parce que je voyage beaucoup. J'ai beaucoup voyagé, corrigé-je d'un ton sec. Mais la plupart de ceux qui m'ont fait du mal l'ont déjà payé, tu peux me croire.

Lanz hausse un sourcil.

— Oh, je te crois.

Domm intervient d'un ton prudent :

— Mirello, vu notre attitude, je ne sais pas si tu le réalises, mais les Zandiens honorent leurs compagnes. En te choisissant, nous te proposons notre attention et notre protection dans un lien qui durera toute notre vie. Notre objectif n'est pas de te faire peur ou de te faire souffrir, tu comprends ?

Je penche la tête sur le côté, car non, je ne comprends pas. Pas vraiment.

— On te disciplinera peut-être, mais pas avec sévérité, et nous ne te blesserons jamais. Et tu seras toujours récompensée par du plaisir, car après tout, c'est le meilleur moyen de forger un lien.

— Je n'ai jamais, euh...

Je me mords la lèvre. Mes joues s'enflamment.

— ... avec un autre être.

— Jamais ? demande Domm d'un ton incrédule.

— Désolée, dis-je d'un ton sec, me sentant obligée de répliquer. Mais quand on passe toute sa vie dans... comment vous avez appelé ça, déjà ? Un repère de gens sans foi ni loi, on n'a pas beaucoup de temps pour les loisirs. Vous savez, quand on lutte constamment pour survivre et sauver d'autres êtres. Quand on apprend à se battre. Vous voulez que je vous donne quelques leçons ?

Je jette un regard noir à Domm. Je m'attends à ce qu'il grogne ou me hurle dessus. Au lieu de cela, il éclate de rire, tellement amusé que je ne peux pas m'empêcher de sourire à mon tour.

— Oh, petite humaine, dit-il en secouant la tête après avoir enfin repris son sérieux. Tu vas regretter ton insolence. Dans quelques instants, tu imploreras notre pardon, et tu parleras si poliment que tu seras la première surprise.

— Certainement pas. Jamais de la vie.

— On verra bien.

Domm s'assoit sur une sorte de fauteuil planeur et me tire soudainement entre ses jambes écartées, si proche de son corps que je le touche presque.

— Alors comme ça, aucun être ne t'a jamais fait hurler de plaisir ? murmure-t-il d'une voix taquine.

Sans voix, je secoue la tête.

— Aucun être ne t'a donné de correction en fessant ton cul adorable ?

Je rougis tellement fort que mes joues brûlent.

— Je ne veux pas de cette partie-là, dis-je.

— Moi, je l'attends avec impatience, susurre-t-il en me prenant fermement par la taille.

— Moi aussi.

Lanz se place derrière moi. Il pose une main dans mon cou, l'autre sur mon épaule indemne. Il écarte les doigts autour de ma gorge et la maintient avec douceur, mais je perçois leur puissance.

— Ton pouls s'emballe, chuchote-t-il en effleurant mon oreille de ses lèvres. Pourquoi, à ton avis ?

Pour toute réponse, je lâche une sorte de plainte. Un petit bruit doublé d'un soupir. Je n'avais encore jamais émis un tel son. Mais bien sûr, je n'avais jamais ressenti une chose pareille.

— Euh...

Mes paupières papillonnent, puis je halète, car les mains de Domm se posent sur mes seins. Il me pince les tétons, une sensation si délicieuse que je n'arrive plus à parler.

— Peut-être parce que je fais ça ? dit-il.

Il les pince plus fort, cette fois, et la douleur me pousse à me mettre sur la pointe des pieds, presque prête à me dégager. Mais il glisse une main sous mon ample tunique pour saisir l'un de mes seins, nos peaux nues en contact, et il se met à titiller le même téton du bout des doigts. Son geste est si délicat et taquin, me donnant envie de plus, que je ne réalise même pas que je réponds avant que les mots aient quitté ma bouche.

— Oui, oui, s'il te plaît.

— Ah, elle dit s'il te plaît, maintenant, commente Domm en me pinçant à nouveau. Trop mignonne.

La main de Lanz glisse sur ma cuisse.

— On savait qu'elle deviendrait polie. Écarte les jambes, Mirelle.

Il me donne une petite tape du plat de la paume, un geste ferme et dominateur.

Lorsque je n'obéis pas immédiatement, il recommence, plus fort.

— Mirelle. Tu dois obéir à mes ordres, c'est clair ?

— Je crois qu'elle est submergée, intervient Domm.

Il glisse son autre main sous ma tunique et joue avec mes deux seins en même temps, alternant les pincements et les caresses. Ce mélange de sensations enflamme mon corps.

— Mais bien sûr, il est important qu'elle soit docile.

Ça me rend dingue, qu'ils parlent de moi ainsi, et la guerrière en moi se prépare à se libérer ; mais mon corps n'a aucune envie de lutter. Non, j'ai honte, mais une part de moi aime ça. Adore ça.

— Il lui faut peut-être un avant-goût de ce qui lui arrivera si elle n'obéit pas, suggère Lanz.

— En effet.

Domm ne perd pas de temps. Un instant, je suis menottée avec ses mains sous ma tunique ; l'instant suivant, il m'a libéré les poignets et déshabillée. Je me retrouve face à eux seulement vêtue d'une culotte.

Lanz colle sa bouche à mon oreille.

— On va t'enlever cette jolie culotte pour admirer tes fesses avant de les frapper.

Je plaque aussitôt une main sur mes seins, même si j'ai aimé que Domm les touche, et de l'autre, je me couvre les fesses.

— Non, dit Domm en prenant mes mains dans les siennes, nos doigts entremêlés. Ne te cache pas devant nous. Tu es superbe. Laisse-nous regarder.

Ça a beau être un ordre, ou y ressembler, puisqu'ils ont tout le pouvoir, il ne me force pas. Il demande. Il patiente.

Je le dévisage, et la couleur de ses iris violets devient plus foncée. Ses cornes sont dressées, et je sens que cela est lié à son état d'excitation. L'expression sur son visage, un mélange d'émerveillement, d'approbation et d'une douceur qui tranche avec son physique féroce, est désarmante.

— C'est toi qui es superbe, dis-je à brûle-pourpoint, avant de rougir.

Son regard me prouve que j'ai eu raison de le complimenter, car ses traits durs se radoucissent. Il sourit.

— On ne m'avait jamais dit ça, je l'admets. Mais ça me plaît, que tu approuves.

Il serre mes mains dans les siennes et ajoute :

— Tu nous laisses t'admirer ?

Je me mords la lèvre et hoche la tête. Je laisse lentement retomber mes mains en m'empourprant.

— *Vutain*, l'humaine, tu es la créature la plus délicieuse de tout l'univers.

Il y a une grosse bosse dans le pantalon de Domm, et je retiens mon souffle, car son membre semble très imposant. Celui de Lanz a l'air encore plus gros, si c'est possible. J'en vois les contours à travers le tissu de son pantalon, et vu leurs érections, je sais qu'ils me désirent. Passionnément.

— Si tu acceptes ta punition bien sagement, nous te récompenserons, dit Lanz. Tu as commis quelques bêtises pour lesquelles tu dois te racheter, n'es-tu pas d'accord ?

Il hausse un sourcil.

— Si tu parles des humaines que j'ai libérées...

J'ai l'impression que mon cœur rate un battement, et j'ai du mal à me concentrer, avec toutes les sensations qui envahissent mon corps.

— Les propriétés que tu as volées, corrige Domm, les bras croisés.

— Alors non, répliqué-je en croisant les bras à mon tour. Je ne m'excuserai jamais d'avoir aidé des humaines à fuir la terreur.

— Aucune terreur ne les attend ici. Nous les avions déjà libérées de leur sort. Et ce n'était pas à toi de les prendre.

Je le fusille du regard.

— À vous non plus.

— Archer avait payé.

— Pour l'instant, la seule qui paye, ici, c'est moi.

J'ai voulu dire ça sur le ton de la blague, mais mes mots sortent avec férocité, regret. Et l'ambiance, qui était devenue plus légère, est désormais mélancolique.

— Il y a des choses qui n'ont pas de prix, pourtant, non ? demande Lanz en me prenant dans ses bras pour caresser mon corps avec douceur.

Je ne réponds pas, mais je me détends sous ses mains fermes et puissantes.

— On ne te demande pas de t'excuser pour ta passion ou pour tes objectifs, qui sont admirables.

Ses mains parcourent mes seins, mes hanches. Je retiens mon souffle. J'ai du mal à l'écouter, quand mon corps s'épanouit sous ses caresses.

— On veut seulement que tu admettes que tu as eu tort de nous voler. Et que tu reconnaisses que c'est ce vol qui nous a menés à une altercation mortelle avec le vaisseau ocrétien.

Domm renchérit :

— Une bataille qui a causé des dommages à ton propre appareil, qui a aggravé le traumatisme des humaines, et pire encore, qui a failli nous priver de toi.

— Je suis sûre que dans cette équation cosmique, je ne compte pas beaucoup, dis-je d'une voix tremblante. Parce que si je ne vous avais pas volés, je ne serais jamais devenue votre captive.

— Pas faux, mais ça aurait été bien dommage, répond Domm en se mettant lui aussi à me caresser encore et encore. Alors peut-être que l'on devrait se consacrer davantage à ton plaisir qu'à ta punition.

Je fonds comme de la résine au soleil. Je suis toute molle.

Et le désir intense reprend sa place au fond de moi, m'encourageant à coller mes fesses au corps de Lanz.

Son sexe est dur comme du bois, pressé contre mon dos. Je me frotte à lui sans la moindre honte, curieuse de le découvrir, incapable de m'empêcher de bouger. J'en veux plus.

Cette fois, lorsqu'il me donne une tape sur les cuisses, j'écarte les jambes et avance instinctivement le bassin. Ses doigts glissent de plus en plus haut et finissent par se poser sur mon clitoris. Ses caresses sont légères comme une plume, mais je suis tellement excitée que je pousse un cri, envahie par une nouvelle vague de plaisir.

— *Vutain*, elle est tellement sensible, dit Lanz d'une voix étouffée. Je n'avais encore jamais...

Il me stimule du bout de l'index, et je me mets à trembler, les jambes en coton. Il me soulève et s'assoit à côté de Domm sur le canapé.

— Il ne lui faudra pas longtemps, mais avant toute chose, je veux la goûter.

— Je vais la garder ouverte.

Je ne sais pas de quoi ils parlent, mais un instant plus tard, je comprends. Domm m'arrache ma culotte. Puis il m'installe sur ses genoux, cuisses écartées sur les siennes, mon dos contre son torse, mon sexe grand ouvert.

— Hein ? m'exclamé-je en me trémoussant sur lui.

— Du calme, ça va te plaire, dit Lanz en s'agenouillant. Domm va te toucher pendant que je me sers de ma langue. Je te promets que tu n'as jamais rien ressenti de tel.

Il place une main puissante sur chacune de mes cuisses, comme pour les maintenir écartées, pendant que Domm me pince les tétons. Me mord le cou. Le lèche, l'embrasse.

Puis je m'envole presque, car Lanz colle sa langue à mon clitoris et se met à le lécher. Je m'embrase.

— Douce Terre mère !

Les sensations sont trop fortes, et je tire sur leurs mains. Je ne sais pas s'il m'en faut plus ou moins.

Lanz rit, et la vibration remonte jusque dans mon ventre.

— Laisse-toi aller en arrière. Ça va devenir encore meilleur.

J'obéis, car j'aime ce qu'il me fait. Énormément.

Je tremble toujours lorsqu'il enfouit de nouveau la tête entre mes jambes. Ses cornes me chatouillent les cuisses à chaque mouvement, et lorsqu'il colle de nouveau la langue à mon clitoris, je gémis et ferme les yeux, allongée dans les bras de Domm.

La sensation gonfle et grandit, et je rejette la tête en arrière, avec force, contre l'épaule de Domm. C'est presque un mouvement de guerrière, en moins féroce. Lorsqu'il plaque une main sur ma bouche, je la mords sans ménagement, et son rugissement de douleur et d'approbation me flatte les oreilles.

— Vutain de petite *vipn*, gronde-t-il en me pinçant les tétons avec force.

Dans une plainte, je le mords à nouveau. Il a laissé sa main contre ma bouche, presque comme s'il voulait que je l'agresse. Il me prend par le cou et serre.

— Recommence, m'ordonne-t-il.

J'obéis, exultante.

— Oui, j'aime quand tu es sauvage, grogne-t-il.

Lanz sent le changement d'atmosphère. Il me mord l'intérieur de la cuisse assez fort pour m'arracher une exclamation. Puis il recommence. Et encore.

J'adore cette douleur mêlée de plaisir. Chaque morsure est comme une marche qui me fait monter de plus en plus haut, qui me permet de mieux apprécier la sensation délicieuse dans mon clitoris. Tout ce que je sais, c'est que j'ai besoin de recevoir cette douleur, de l'infliger, de l'incarner.

— Je crois que le moment est venu de la punir, annonce soudain Lanz en relevant la tête.

Je le fusille du regard.

— Non... gémis-je, agacée au plus haut point par ce changement de direction. Remets ta tête en place et fais... le truc que tu faisais. Tout de suite.

Il rit.

— C'est adorable, quand tu crois que c'est toi qui commandes.

Il se lève.

— Debout, Mirelle.

Domm m'aide à m'exécuter, à moins que ce soit uniquement grâce à lui que je me retrouve sur mes pieds, haletante, maintenue à la taille par ses mains.

— Réponds *oui, Maître* quand on te donne un ordre, gronde-t-il.

— Allonge-toi sur les genoux de Domm, m'ordonne Lanz, écarte les cuisses, et demande-lui gentiment de te donner une grosse fessée pour te punir des ennuis que tu as causés.

Il presse un doigt contre mon sexe et me pénètre. Me caresse.

— Ce n'est que comme ça que ma langue retournera à l'endroit que tu souhaites, ajoute-t-il dans un murmure. Si tu te soumets à nous, tu seras récompensée. À chaque fois. Et je peux te promettre que ça te plaira.

Il y a seulement dix minutes, ces mots m'auraient donné des envies de meurtre. Mais maintenant que j'ai appris à quel point la douleur et le plaisir s'accordaient bien dans mon corps, je suis tentée de me soumettre. Et je crois sincèrement qu'il ne compte pas me faire de mal. Il va se servir de ce drôle de mélange de douleur et de plaisir pour me combler encore plus. Je ne sais pas quels tours de magie les Zandiens ont appris pour maîtriser ainsi le corps des humaines, mais ça fonctionne.

— Oui, Maître, réponds-je dans un souffle.

Je me convaincs que je joue un rôle, que je dis simplement ce que l'on attend de moi en attendant de pouvoir m'enfuir. En réalité, je me fiche de m'abaisser à ça. Car si je fais ce qu'il veut, il remettra sa langue là où j'en ai besoin.

Comme dans un rêve, j'avance et m'étends sur les genoux de Domm. Je n'arrive pas à croire que c'est vraiment moi, que je fais vraiment ça. Mais je ne voudrais être nulle part ailleurs.

— Bien, dit Domm en me donnant une tape sur les fesses du plat de la paume.

Je sursaute, et il me caresse les cuisses jusqu'à ce que je me détende contre lui, sans crisper le moindre muscle.

— Voilà, comme ça, susurre-t-il en penchant la tête pour que je sente son souffle sur ma peau. Et ne serre pas les fesses pendant que je te corrige.

Je perçois d'abord le son, le claquement de sa main sur ma peau qui résonne dans la pièce. Puis je sens la douleur, une sensation brutale et inédite.

— Oh.

Je me tortille, mais il me maintient fermement.

— Ne te plains pas.

Il frappe à nouveau, plus fort, et j'inspire profondément. La douleur, ça me connaît ; les guerrières hors-la-loi subissent un nombre incalculable d'entorses et de fractures.

Mais je n'ai jamais connu ce type de douleur, concentrée sur l'une de mes zones les plus sensibles, et mêlée au plaisir. C'est enivrant. Même le fait d'être maintenue, une chose qui ne m'exciterait pas, d'ordinaire, est agréable.

— Rappelle-moi pourquoi j'ai besoin de te punir, dit-il d'un ton autoritaire.

— Commence par t'excuser, me suggère Lanz, ses mains autour de mes chevilles.

Au milieu de toutes ces sensations, je remarque qu'il me maintient, avec douceur mais fermeté, tout en me caressant avec ses pouces. C'est érotique et exotique, et l'espace d'un instant, j'oublie ce que Domm est en train de faire.

Cela me revient, cependant, lorsqu'il m'assène une nouvelle claque sur les fesses.

— J'attends, Mirelle.

— Je suis désolée que tu sois une bête sauvage, haleté-je.

J'ai beau savoir que cela me vaudra une nouvelle attaque sur mes fesses déjà échauffées, je souris toute seule, victorieuse, lorsqu'il grogne de surprise et d'irritation.

— Ha.

— Une bête sauvage, hein ?

Il abat une série de tapes sur mes cuisses.

— Aïe. Arrête !

Je me retourne.

— Je vais te mordre, avertis-je.

— Vas-y, essaye, petite *vipn*, dit-il en riant. Tu préférerais peut-être des coups de ceinture.

— Tu peux te servir de mon fourreau.

Lanz me lâche les chevilles un instant, et j'entends un bruissement alors qu'il ôte la ceinture de cuir à sa taille.

— Plie-la en deux et donne-lui une douzaine de coups. À mon avis, elle sera plus à l'écoute après ça.

— Non, arrêtez, gémis-je.

Mais nous remarquons tous mon ton, qui semble dire « oui, pitié, faites-le ». Je suis horrifiée d'entendre un son pareil sortir de ma bouche. Est-ce grave, si j'aime ce qu'ils sont en train de me faire ? Si je me demande quelle sensation aura la ceinture de cuir sur ma peau nue ?

Très vite, je n'y pense même plus, car Domm me remet sur mes pieds.

— C'est ta ceinture, Lanz, alors à toi l'honneur. Je veux voir son visage pendant que tu la frapperas.

— Avec plaisir.

Lanz me met en position aussi facilement que si j'étais faite de papier, collant mon buste aux genoux de Domm avant de m'écarter les jambes avec son pied.

— Tiens-lui les mains, ordonne-t-il.

Domm les saisit dans une large paume, puis il me soulève le menton avec douceur.

— Dis-moi pourquoi on te punit.

Je halète.

— Parce que vous êtes diaboliques.

Lanz me frappe les fesses assez fort pour me donner les larmes aux yeux.

— Réessaye. On continuera comme ça jusqu'à ce que tu donnes la bonne réponse, dit Domm.

Il hausse un sourcil d'un air sérieux. Ses cornes sont si dures que j'ai envie d'en prendre une en bouche. Mais je ne peux pas le faire tout de suite, vu qu'ils sont bien décidés à me punir.

— Je suis désolée que ma mission ait interféré avec votre existence et qu'elle ait en partie causé une attaque ocrétienne.

— En partie ? répète Lanz.

Il me frappe de nouveau les fesses, et je pousse un cri. Si sa main me fait cet effet-là, comment pourrai-je supporter la ceinture ?

— Eh bien, vous ne croyez pas que votre libre arbitre est

au moins en partie responsable de votre... Aïe ! m'écrié-je lorsqu'il abat la ceinture sur ma chair.

La morsure du cuir crée une ligne de feu sur mes fesses.

— Douce Terre mère.

— Regarde-moi cette superbe marque, dit Lanz en passant la main sur ma peau brûlante. Domm, on lui en donne une douzaine, ou deux ?

Je frémis.

— Commence par une bonne douzaine, et on avisera ensuite.

Domm me soulève de nouveau le menton.

— Mirelle, regarde-moi.

Mes yeux s'embuent, pas tant à cause de la douleur – je ne pleure jamais pour cette raison –, mais à cause de cette nouvelle position intime, de ma confusion face au plaisir qu'elle me procure, et de ma colère à la perspective de devoir m'excuser.

— Cette fessée a aussi pour but de te rappeler d'être obéissante et respectueuse face à notre souverain. Et de te soumettre à notre autorité, en tant qu'hôtes zandiens.

— Les punitions peuvent avoir plusieurs objectifs, confirme Lanz.

— C'est bien pratique, dit Domm.

Il prend ma tête dans ses mains et me soulève le buste de manière à m'embrasser, pile lorsque Lanz abat de nouveau sa ceinture, si fort que je pousse un cri.

Le son se perd entre les lèvres de Domm, et lorsqu'il presse sa bouche contre la mienne, je lui rends son baiser. Je me demande s'il craint que je le morde, ou s'il s'en fiche. Je tente le coup, et tandis qu'il grogne dans ma bouche en continuant de m'embrasser, je réalise qu'il aime ça. La douleur lui plaît, comme à moi. À Lanz aussi. C'est parfait.

Je perds la notion du temps alors que Lanz me fouette

avec sa ceinture et que Domm me regarde dans les yeux, m'embrasse, me caresse les joues.

La douleur est vive et forte, mais pas insupportable, et tandis que les deux hommes s'occupent de moi, je commence à avoir l'impression de flotter. Comme c'est étrange, de se sentir aussi en sécurité, presque protégée, en pleine punition. Ça n'a aucun sens, pourtant c'est la vérité. Je ferme les paupières, et au lieu de dire *aïe !* je murmure *oh, oh*, d'une voix plus encourageante que contrariée. Je lève les fesses pour aller à la rencontre de la ceinture, malgré la morsure féroce du cuir.

— *Vutain*, regarde comme son cul est rouge.

Lanz me donne un nouveau coup, et je gémis en bougeant les cuisses.

— Elle est trempée, en plus, renchérit Domm d'une voix pleine de désir. Je sens sa chatte d'ici.

— Elle est prête pour nous.

— Il faut d'abord terminer de la punir.

— Bien sûr.

Ils s'interrompent un instant. Je pousse une plainte et agite les cuisses, leur demandant de continuer à l'aide de mon corps.

— La dernière volée, annonce Lanz d'un ton ferme.

Cette fois, quand la ceinture s'abat sur moi, elle le fait avec plus de force, et je réalise qu'auparavant, il se retenait beaucoup.

— Aïe ! m'écrié-je, en colère et agacée qu'il ait changé d'intensité.

Ça me plaisait, avant, quand le plaisir se mêlait à la douleur. À présent, j'ai mal tout court.

— C'est une punition, me dit Lanz. C'est censé faire mal.

Et quand il se met à me frapper dans un rythme rapide, enflammant ma peau, je vois bien la différence. Je n'ai pas le temps de reprendre mon souffle entre les coups, pas le temps de laisser le plaisir monter. Tout ce que je sens, c'est la douleur et la brûlure. Sans parler du sermon.

— Pendant ton séjour ici, tu vas nous écouter. Tu feras preuve de respect envers notre roi. Tu feras de ton mieux pour t'intégrer à notre société. Tu ne causeras pas d'ennuis.

J'ai du mal à me concentrer sur ce que dit Lanz.

— Tu ne nous voleras rien.

— Répète ce qu'il dit, ordonne Domm d'un ton calme.

Je grogne, mais comme je veux qu'ils arrêtent, je prononce les mots :

— Je... Aïe ! Je serai respectueuse. Je m'intégrerai. Je ne volerai pas.

Lanz arrête enfin.

— Je crois qu'elle a retenu la leçon, pour le moment. Tu es d'accord, Domm ?

Ce dernier me lâche les mains, se lève, et me caresse les fesses.

— Je dirais que oui. Je suis sûr qu'elle pourrait encore encaisser quelques coups, mais comme c'est sa première fois, soyons cléments.

— C'était clément, ça ? répliqué-je d'une voix étranglée.

Je joue le rôle de l'esclave châtiée. Mais une part de moi en veut encore, même si je refuse de l'admettre.

Domm repousse les cheveux qui me tombent sur le visage.

— On a envie de toi, Mirelle. Très envie de toi. Si tu finis aux cachots, ça nous achèvera. Et on ne peut pas prendre un tel risque. Si tu n'es pas capable de te montrer docile de toi-même, on t'y aidera.

— Et ma récompense ? Elle est passée où ?

Domm sourit.

— Je pense qu'on a le temps pour ça. Parfois, on t'obligera à patienter. Mais cette rotation planétaire, on va t'autoriser à jouir.

— Vous m'y *autorisez* ?

— Mmm, répond Domm en pinçant l'un de mes tétons. C'est nous qui déciderons si tu mérites un orgasme, pas toi.

Il me soulève.

— Allongeons-la pour jouer avec son joli corps tous les deux.

Lanz se déplace, et ils me couchent sur le dos dans le canapé. J'ai beau protester en sentant le tissu contre mes fesses endolories, je suis impatiente de voir ce qui m'attend.

— Ouvre bien les cuisses, m'ordonne Lanz.

J'obéis. Mon sexe est gonflé et trempé, à présent, une sensation nouvelle pour moi. Mes tétons fourmillent d'un désir semblable.

— À mon tour de la goûter, dit Domm en se positionnant au bord du canapé. Mirelle, je vais te lécher jusqu'à ce que tu voies des étoiles, délicieuse humaine.

— Je ne suis pas délicieuse.

Il colle sa bouche à mon clitoris et me donne un grand coup de langue.

— Tu as tort, rétorque-t-il.

Il me lèche à nouveau, et mes cuisses se mettent à trembler. Sa langue tournoie autour de mon clitoris.

— Parce que cette chatte est la meilleure de tout l'univers.

Je me cambre et tente de presser le bassin contre sa bouche.

— Oh, par les étoiles, haleté-je.

Lanz se penche sur moi de l'autre côté du canapé, ses lèvres à quelques centimètres des miennes.

— Ta punition t'a plu ?

Il m'adresse un sourire en coin alors que j'écarquille les yeux sous les coups de langue de Domm.

— Je te rappelle que la bonne réponse, c'est *oui, Maître, ma punition m'a plu.*

— Dis-le, ou j'arrête tout, m'avertit Domm.

Je me dépêche de crier :

— Oui, Maître, ma punition m'a plu.

Ce n'est pas un mensonge. Les choses qu'ils m'ont faites, bien qu'inattendues et brutales, ont comblé un désir dans mon âme. M'ont prodigué une sensation que j'ignorais vouloir. Et j'en veux plus.

— Ça m'a plu.

— C'est bien, murmure Domm.

Il glisse sa langue en moi, et je me trémousse de plaisir.

— Nos châtiments te plairont toujours, dit Lanz en faisant doucement rouler mes tétons entre ses doigts. Nous obéir te rendra la vie beaucoup plus... agréable.

En prononçant ce dernier mot, il pince mes deux tétons d'un coup, et Domm me mord le clitoris. Pas très fort, mais assez pour me surprendre.

— Dis-nous que tu seras une gentille petite humaine, m'encourage Lanz tandis que Domm accélère ses coups de langue.

Je suis à bout de souffle, désormais, prête à basculer. Je serre les paupières et ferme les poings de chaque côté de ma tête en m'agitant.

— Je... je...

Je tente de me coller à la bouche de Domm, mais il s'éloigne juste assez pour me faire mariner.

— Pitié, pitié, j'ai besoin de...

Je tente de nouveau d'approcher mon clitoris. Le moindre contact suffira à me propulser au septième ciel.

Mais il fait tout pour me frustrer. Il recule à nouveau, me laissant sur la lame du rasoir.

— Répète, et je te laisserai jouir.

— Je serai une gentille humaine, juré, mais laissez-moi...

— Voilà ce que je voulais entendre, dit Domm.

Domm sourit, et soudain, sa bouche se trouve pile où je la voulais, avec la bonne pression, au bon endroit. C'est parfait. Je gémis et tout mon corps se crispe. Les muscles de mes cuisses sont durs comme du béton tandis que je serre les fesses, tentant de former une boule avec tout ce plaisir afin de la faire exploser.

— C'est bien, dit Lanz d'un ton appréciateur. *Vutain*, Mirelle, laisse-toi aller. Envole-toi.

À ces mots, je pousse un cri pendant que mon corps se brise en un million d'éclats lumineux, mon plaisir intense, le nectar le plus sucré que j'aie jamais goûté, m'emplissant d'une sensation si subtile et pure que j'ai presque l'impression d'en mourir.

Lorsque je reprends mes esprits, je suis dans les bras de Domm, allongée sur lui. Lanz est assis à nos côtés et me caresse les jambes. Je m'étire et me pelotonne contre le torse de Domm.

— C'était... commencé-je.

Je le regarde, mais je ne trouve pas les mots justes.

Il sourit.

— Bien ?

— Mieux que ça. Exquis.

Même cet adjectif ne suffit pas à décrire cette expérience.

— Je n'avais encore jamais...

— Jamais eu un orgasme ? demande-t-il d'un air stupéfait. Pas même toute seule ?

— Pas comme ça.

Je déborde trop de plaisir pour lui rappeler d'un ton cassant que quand on passe son temps à tenter de survivre, la quête du plaisir passe au second plan.

Bien sûr que je me suis déjà caressée et que cela m'a fait du bien. Mais après avoir connu *ça*, mes premiers émois me paraissent fades et faibles, tristes, en comparaison. Mon corps vient de connaître les réjouissances les plus fantastiques de toute ma vie.

— Ma douce Mirelle. Un nombre infini d'orgasmes t'attendent, m'assure Lanz en me caressant les cheveux. À chaque rotation planétaire, si tu le souhaites.

Il s'accroupit pour me regarder dans les yeux et il me caresse les fesses.

— Tout va bien ?

— Oui, je me sens bien.

Transformée serait plus juste, car je me sens métamorphosée, en dehors comme en dedans. Je n'imaginais même pas que le corps humain pouvait vivre une chose pareille. Une bouffée d'affection et de possessivité envers ces deux Zandiens me submerge. Ils sont à moi. C'est eux qui m'ont fait ça.

Domm change de position, et je réalise qu'il est toujours tout habillé. Sous mon corps, je sens qu'il est excité.

Je les regarde tour à tour d'un air hébété.

— Mais aucun de vous n'a... Je... je ne devrais pas... ?

Je ne sais pas très bien ce qu'ils désirent, mais je sais qu'il n'est pas banal – et sans doute pas très juste – que je sois la seule à être satisfaite.

Domm me mord doucement l'épaule et rit.

— Plus tard. C'est ce que je veux par-dessus tout, mais nous n'avons pas le temps.

— Ne t'en fais pas. Tu auras beaucoup d'autres occasions de montrer ta gratitude et de nous rendre la pareille.

La voix de Lanz est rauque de désir et d'une pointe d'autorité, et je frémis d'impatience. Mon corps en veut déjà plus.

— Remets ta tunique.

Lanz la ramasse et la secoue, avant de lisser le tissu.

— Recoiffe-toi.

— Qu'est-ce qu'ils ont, mes cheveux ? demandé-je en me renfrognant tout en faisant glisser la tunique toute douce sur mes courbes.

Il jette un regard à Domm.

— Rien. Ils sont juste un peu...

Il lève les mains, comme pour mimer un halo.

— ... un peu ébouriffés, peut-être. Nous allons voir le roi, et il faut que nous soyons présentables.

Je plisse les doigts et lisse mes mèches folles.

— Si vous vouliez que j'aie l'air présentable, vous n'auriez peut-être pas dû me traîner dans cette pièce pour une entrevue en privé.

Mais je suis contente qu'ils l'aient fait.

Lanz rit.

— Je crois que cette entrevue t'a plu, je me trompe ?

Il me touche les fesses.

— Tu as mal ?

Je grimace, même si je ne souffre pas vraiment. Plus maintenant.

— Oui. Terriblement mal, réponds-je d'un air faussement éprouvé.

Son sourire disparaît, et je tente de cacher mon amusement.

— C'est vrai ? demande-t-il en m'attirant vers lui. Vutain, Domm, on y est allés trop fort. Va chercher l'onguent apaisant immédiatem...

Je secoue la tête et lui touche le bras.

— Je suis seulement un peu endolorie. Tout va bien.

Étrange, que je ne veuille pas l'inquiéter. Je devrais faire semblant de souffrir le martyre pour les convaincre de ne plus jamais recommencer. Mais le souci, c'est que je veux qu'ils recommencent. Aussi fort et sauvagement. Car il s'avère que mon corps adore ça. Et qu'il en veut déjà plus.

Bien sûr, me dis-je, ce plan sera plus efficace que de me battre. J'entre dans leur jeu. Si j'arrive à leur faire croire que je tiens à eux et que j'aime ce qu'ils me font, je gagnerai leur confiance plus vite. Ils baisseront la garde. Et alors, je pourrai préparer ma fuite. Oui. C'est ce que je suis en train de faire. Et si j'aime réellement ce qu'ils me font, tant mieux, ma ruse n'en sera que plus crédible.

— Bien. Un peu endolorie, c'est parfait, dit-il avec un sourire. Et souviens-toi que nous pouvons recommencer, si nécessaire, alors pendant les minutes qui vont suivre, tourne sept fois ta langue dans ta bouche avant de parler.

— Oui, Maître, bougonné-je.

— Voilà ce que j'aime entendre.

Il palpe mes fesses toujours sensibles.

CHAPITRE SIX

L *anz*

NOTRE PETITE HUMAINE a beau s'être soumise à nous sur le plan sexuel, je ne suis pas assez bête pour croire qu'elle a réellement baissé les armes et qu'elle accepte de vivre sur Zandia. À bord de notre vaisseau, nous l'avons vue manipuler l'adversaire. Elle est intelligente et calculatrice.

Je pense qu'elle continuera de feindre l'acceptation devant notre roi, mais je ne peux pas en être certain. Je serre les poings pendant que nous pénétrons dans la salle du trône. Honnêtement, si Zander trouve quelque chose à redire et la jette aux cachots, il sera sans doute obligé de m'emprisonner avec elle.

Nous traversons la grande salle récemment rénovée, inspirée par celle de l'ancien palais royal. La nouvelle salle est un mélange d'ancien et de technologies dernier cri. Le roi est assis sur son trône, un rôle qu'il a toujours détesté, car il préfère jouer les guerriers que les souverains.

— C'est l'humaine en question ? demande-t-il en regardant Mirelle d'un air égal.

La lame de son épée luit comme un laser à la lumière, et la puissance qu'il dégage ne lui vient pas du faste qui l'entoure, mais de la noblesse féroce de notre espèce.

Entre nous, Mirelle se crispe. Je presse sa main, froide et molle dans la mienne.

— Oui, Majesté. Je vous présente Mirelle.

— Avancez, lui ordonne notre souverain.

Malgré ses jambes tremblantes, elle refuse notre aide et avance, le regard fixe.

— Incline-toi, lui murmure Domm.

Elle hésite un instant, assez longtemps pour que mon estomac se serre, puis elle se baisse dans une révérence exagérée.

Oh, *vutain*. Le roi Zander ne croira pas un instant à sa comédie d'humaine reconnaissante d'être là. Il n'est pas idiot, et comme il a une compagne humaine, il verra tout de suite clair dans son jeu.

Le roi la regarde longuement, ses yeux froids et scrutateurs.

— Qu'avez-vous à dire pour vous défendre ?

Elle prend une grande inspiration.

— Je m'appelle Mirelle, et je suis une humaine qui se bat pour la liberté.

Oh, par les étoiles ! Je garde ma posture respectueuse de guerrier, mais j'ai envie de me plaquer une main sur le front.

Nous l'avons fait répéter ce qu'elle devait dire à plusieurs reprises, dans le couloir.

— Merci pour les soins que j'ai reçus. Ils m'ont sauvé la vie, ajoute-t-elle en se touchant l'épaule.

C'est mieux. Mais le mal est sans doute déjà fait. La

sueur perle autour de mes cornes pendant que je dévisage notre roi, en quête d'un signe de contrariété. Bien sûr, je reste bredouille, car il ne laisse jamais rien paraître.

— Expliquez-moi ce qui vous a menée à voler la propriété d'un Zandien et à causer une altercation avec des pirates ocrétiens.

Mirelle se balance d'un pied sur l'autre.

— J'ai passé ma vie à sauver des humains. Je n'avais pas l'intention de causer du tort à la flotte zandienne ou à ses citoyens. J'effectuais simplement une mission qui relève de ma vocation.

— Combien d'humains avez-vous sauvés ?

— Cinquante-sept, Majesté, répond-elle en levant le menton. Quarante-neuf hommes et six femmes. Deux enfants.

— Et où sont-ils désormais ?

— Sur Jesel.

Le regard de Mirelle devient moins assuré, et elle se met à jouer avec sa tunique du bout des doigts.

— Jesel. Où ils sont en parfaite sécurité ?

Le roi Zander sait bien que cela est peu probable. Mirelle prend une inspiration.

— Certains ont été recapturés par les Ocrétiens. Ils ont fait un raid lors de ce cycle solaire.

— Combien d'humains reste-t-il ?

Elle grimace visiblement.

— Pas assez. Nous en saurons plus quand les gens auront quitté leurs cachettes. Mais je sais qu'ils ont enlevé au moins quatre femmes.

Le roi hausse un sourcil.

— Alors il ne s'agit pas vraiment d'un havre de paix.

Une lueur de défi traverse les yeux de Mirelle, mais elle se reprend vite et s'incline à nouveau.

— Comme vous dites, Majesté.

— Pourquoi devrions-nous vous autoriser à rester sur Zandia ?

— Je n'ai pas besoin de rester sur Zandia. Regagner Jesel, ça me va.

Maudite soit-elle !

Domm pousse un grondement désapprobateur.

— En tant que prisonnière de guerre ayant causé des dommages irréparables à ma flotte, vous n'avez pas le luxe de choisir votre destination, commente Zander. Je vous saurais gré de vous montrer reconnaissante envers vos hôtes zandiens, qui souhaitent vous offrir la chance de vous installer ici.

Il la transperce du regard avant d'ajouter :

— Au lieu de vous envoyer en prison, ici ou sur une autre planète.

Elle affronte son regard, pleine d'insolence, mais je vois son pouls s'emballer, je sens sa peur. Mon besoin de la protéger monte en flèche, intarissable.

Le roi nous a déjà dit qu'il la mettait temporairement sous notre garde, mais après l'avoir rencontrée, il peut parfaitement changer d'avis. Je fais un pas en direction de Mirelle, comme si j'étais capable de la protéger des ordres du roi, s'ils s'avéraient contraires à ce que j'espère.

Après un silence interminable, notre souverain déclare enfin d'une voix ferme :

— Vous ne regagnerez pas Jesel. Le voyage est ardu et coûteux, pas seulement en steins, mais aussi en nombre de vies mises en jeu.

Le roi se rembrunit.

— Sans parler du fait que votre vaisseau est hors service, et que nous n'avons pas le loisir de vous en fournir un. Plus important encore, nous ne vous laisserons plus interférer avec nos futures missions de sauvetage.

— J'aimerais vivre sur Zandia et intégrer cette communauté. J'ai beaucoup à offrir, en tant que mécanicienne et en tant que guerrière. Je vous en prie, ne m'envoyez pas sur une autre planète.

Voilà ce qu'elle aurait dû dire dès le départ. Le roi lui lance un regard dur.

— Je ne suis pas vraiment convaincu que vous souhaitiez obtenir l'asile ici.

Elle se tient bien droite et plante ses yeux dans les siens.

— Je vous promets que je ne veux aucun mal à Zandia. Je souhaite de tout mon cœur faire partie de cette société.

Un tissu de mensonges, bien sûr. Mais je m'accroche toujours à l'espoir de lui montrer que notre planète peut lui procurer une vie plus agréable que celle qu'elle a menée jusqu'à présent.

— Nous verrons, dit le roi. Je vous accorde temporairement l'asile.

Quel soulagement !

— Merci, Majesté.

— Partez avec vos compagnons. Je vous recevrai à nouveau dans trois cycles lunaires.

Elle se tourne vers nous, mais ne nous regarde pas en face. Mon appréhension ne s'est pas envolée. Domm et moi allons devoir travailler dur, si nous voulons revendiquer pleinement notre petite guerrière.

CHAPITRE SEPT

Mirelle

— C'EST CHEZ VOUS ? demandé-je en touchant les vitres épaisses et incurvées qui donnent sur le centre-ville.

— Maintenant, oui, répond Lanz. On a acheté cette maison pour toi.

Ma poitrine se serre, comme si je cherchais à me prémunir de ses mots. Je ne veux pas accepter leurs attentions, revêtir une telle importance dans leur vie. Je dois quitter cette planète et rentrer chez moi. Mais je dois admettre que l'endroit est superbe.

— Je n'avais jamais vu...

Ma phrase reste en suspens. Les lignes pures de métal et de verre sont bien loin des cabanes que nous bricolons sur Jesel. Ma vue est redevenue normale, heureusement, et je vois aussi bien qu'avant.

— Zandia possède toujours des zones dévastées par les

Finns, dit Domm en ajustant quelque chose sur la porte. Mais dans la capitale, nous avons fait beaucoup de progrès.

Je touche le verre à deux mains. Il est frais, malgré cette rotation planétaire très chaude. Je jette un regard vers les fauteuils-planeurs.

— Votre maîtrise de la technologie est incroyable.

J'ai l'impression de les bombarder de compliments, mais montrer mon admiration pour ce qu'ils ont bâti ne peut pas faire de mal. Après tout, c'est réellement impressionnant. Et comme je dois prouver que je veux m'intégrer ici, la flatterie semble être un bon début.

Lanz ouvre un placard encastré dans le mur et en sort une flasque et un sachet de nourriture.

— Notre monde est un mélange, dit-il. Par certains aspects, nous sommes très en avance sur les autres sociétés. Mais il y a toujours des régions où nos compétences sont au mieux rudimentaires, et où nous continuons de tâtonner après la désolation semée par les Finns. Tiens, c'est pour toi.

Il me montre la nourriture d'un geste de la main. Je hoche la tête.

— Je comprends cette dichotomie, réponds-je. Chez moi...

Je m'interromps, car je ne veux pas trop en dire au sujet de Jesel. Lanz s'assoit lentement.

— Parle-nous de ta planète.

Je déglutis.

— Je ne sais pas.

— Tu n'as pas envie de nous révéler des choses ? demande Domm.

Il prend une mèche de mes cheveux et la fait rouler entre son pouce et son index. Ces guerriers sont beaucoup trop observateurs.

— Je suis obligée de me livrer complètement ? Et si je refuse, vous comptez me torturer pour me faire parler ?

Je hausse les sourcils d'un air de défi.

— Mirelle, aucun être ne te torturera, dit Domm en allant s'asseoir dans un coin de la pièce. Nous avons envie d'apprendre à te connaître pendant que nous forgeons des liens. Que nous te réhabilitons.

Me réhabiliter. Un sacré concept. Je prends une inspiration.

— Je suis prisonnière ici ? demandé-je en regardant la porte.

— Tu n'auras pas à porter les bracelets à l'intérieur, répond Lanz en suivant mon regard. Si tu te comportes bien. Mais tu n'auras pas le droit de sortir seule et sans bracelets avant que nous ayons déterminé que tu ne représentes pas une menace pour la société zandienne.

Tout mon corps est envahi par la colère. Mais je la tempère avec des arguments logiques. J'ai énormément de chance de me retrouver dans cette cage dorée, au lieu de croupir sur un vaisseau ocrétien ou dans une prison galactique fétide. Il me suffit d'être patiente et d'attendre mon heure.

J'ai du mal à les voir comme mes geôliers, mes maîtres, mes compagnons tout ça en même temps. J'en ai le tournis.

— Comment puis-je être votre compagne, si vous ne me faites même pas confiance ?

— La confiance, on la bâtira, répond Domm. Petit à petit, pendant que tu t'habitues à la vie ici, on déterminera si tu es prête pour plus de liberté.

— Je vois.

Mon ventre gargouille, mais je n'ai pas envie de manger quoi que ce soit. Je me frictionne l'épaule. Elle semble presque guérie. C'est remarquable. Étrange et presque perturbant, aussi, car en temps normal, les humains ne guérissent pas ainsi, mais je ne vais pas me plaindre.

— Tu as mal ? s'enquiert Domm, sourcils froncés, en s'avançant vers moi.

Je secoue la tête.

— Non. Je suis surprise d'avoir récupéré si vite, en fait.

Lanz sourit, et son visage prend une teinte violet foncé.

— C'est notre sang. Je crois qu'il t'a aidée plus que tu ne l'imagines.

— Ah, c'est vrai. J'ai un peu de votre sang en moi, c'est ça ?

Ce concept me fascine. Je me touche le bras, promène les doigts sur ma peau pâle. J'essaye d'imaginer le sang qui coule en dessous.

Lanz hoche la tête.

— Ça veut dire que tu es à nous.

Je lève les yeux au ciel.

— Intéressant, comme conclusion.

Je souris toute seule. Ma capacité à plaisanter avec lui me prouve qu'il s'agit moins d'un esclavagiste que d'un ami.

Je me remémore la première fois que j'ai vu Lanz, la façon dont il m'a séduite. Quelque chose chez lui parlait à mon cœur, même si techniquement, c'était mon ennemi. Je ressens un lien profond avec ces Zandiens, malgré les circonstances.

J'émets un petit bruit indécis, car mon esprit est toujours sens dessus dessous.

— Pour le moment, tu as besoin de te nourrir. S'il te plaît.

Lanz me montre ce qu'il a posé sur la table.

— C'est juste pour commencer. On obtiendra d'autres ingrédients humains de la part de nos fermiers et de nos fournisseurs. Tu nous diras ce qui te ferait plaisir.

— Ce qui me ferait plaisir, c'est de rentrer chez moi. Vous allez m'aider ?

— Tu es ici chez toi, désormais. Et tu as dit toi-même que tu voulais rester.

Domm me met face à mes mensonges. Il se rapproche et me saisit le menton. Il me lève la tête pour me regarder dans les yeux.

J'ai envie de me dégager, mais son regard est envoûtant. Je vois ses yeux passer du brun au violet. Ses cornes s'épaississent et se penchent vers moi. Mon corps réagit aussitôt, et mes tétons se dressent.

— Lanz, qu'est-ce que tu en penses ? demande le guerrier d'une voix rauque. Tu crois qu'elle a besoin qu'on lui rappelle qui commande ici ?

Les cornes de Lanz pointent elles aussi vers moi, comme pour me saluer.

— Oui, je pense.

Il se place à côté de son ami. Voir les deux Zandiens puissants me regarder avec des yeux affamés me fait tout drôle. Mon cœur se met à battre de façon irrégulière, et les fourmillements reprennent, ceux qui m'envoient des vrilles de désir dans les veines.

— Avec une humaine aussi fougueuse, je crois que nous allons devoir procéder à de nombreux... rappels à l'ordre.

Je fais un pas en arrière.

— Le Dr Daneth affirme que les femelles humaines sont capables de supporter plus d'une punition par rotation planétaire, si nécessaire.

Domm prononce ces mots sur le ton de la conversation, comme s'il parlait de la pluie ou du beau temps.

— Dans ce cas, il ne faut pas l'en priver, renchérit Lanz.

Il s'avance vers moi, me dominant de toute sa taille.

Je me faufile hors de leur portée, mais je souris. Je veux

qu'ils me poursuivent. Qu'ils me capturent et qu'ils me donnent la correction insensée qu'ils maîtrisent parfaitement.

En riant, Domm se jette sur moi, étonnamment vif et gracieux pour un homme de cette taille.

Je tournoie, mais Lanz anticipe mon geste et m'attrape, avant de me soulever. Nous sommes tous les deux hilares, et je sens son haleine chaude dans mon cou. J'ai envie d'être prise. Fort. Et le fait qu'ils me courent après m'excite encore plus. Je n'y comprends rien. Tout ce que je sais, c'est que je n'ai jamais été dans un tel état.

Lanz m'emmène dans une chambre et me pose sur mes pieds. Domm entre derrière nous et ferme la porte.

Lanz sourit.

— Maintenant qu'on est en privé et qu'on a tout le temps devant nous, on va t'apprendre à nous procurer le même plaisir que celui que l'on te donne.

Mes yeux se posent sur ses cuisses, et je reste bouche bée en voyant son membre dur et épais à travers son pantalon. Je n'imagine pas comment il pourra passer, même si manifestement, mon corps a envie de le découvrir.

— Avant tout, Mirelle, tu vas enlever ta tunique, m'indique Lanz d'une voix ferme ; ensuite, tu t'agenouilleras sur le disque de sommeil et tu nous attendras.

— Je refuse de... commencé-je, avant qu'il pose la main sur sa ceinture.

— Qu'est-ce que tu refuses ?

— Je refuse de désobéir, Maître, réponds-je d'un ton moqueur.

— Bonne réponse.

Ils se mettent à ricaner, et Lanz ajoute :

— Vas-y, alors. On veut que tu te déshabilles devant nous.

Au début, je suis gênée. Mais lorsque je vois l'avidité dans leurs yeux, la façon dont leurs cornes se penchent vers moi, je me sens soudain puissante. C'est moi qui les rends fous, pleins de désir.

Avec des gestes lents, j'ôte ma tunique. Je n'ai plus de culotte depuis qu'ils me l'ont déchirée, tout à l'heure, alors je suis nue, désormais. Je passe les mains sur mes seins, mes tétons déjà dressés sous l'air frais.

— J'espère que ce que vous voyez vous plaît.

— *Vutain*, tu n'imagines pas à quel point, répond Lanz d'une voix gutturale.

— Sur le disque de sommeil. Tout de suite.

— À vos ordres, dis-je d'un ton langoureux.

Je marche en faisant onduler mes hanches. Je leur jette un regard par-dessus mon épaule et constate qu'ils n'ont d'yeux que pour mon corps, qu'ils scrutent chacun de mes gestes. Je souris.

— À genoux, vous avez dit ?

Je grimpe sur le disque et me tourne vers eux. Soudain inspirée, j'écarte les jambes et place les mains derrière ma tête, faisant remonter mes seins.

— Comme ça, peut-être ?

C'est une pose que j'ai vue sur le marché aux esclaves. Là-bas, c'était sordide et déprimant. Mais le faire face à ces deux hommes me donne des ailes.

Lorsque leurs yeux luisent et leurs cornes se dressent, je souris.

— Vous vous agenouillerez pour moi, vous aussi ? Ça m'a plu, Lanz, quand tu t'es mis à genoux entre mes cuisses, tout à l'heure.

— Regarde-la, elle se prend pour le chef, murmure Lanz.

Il parle à Domm, mais ses yeux ne me quittent pas un seul instant. Puis il ajoute :

— Je m'agenouillerai entre tes jambes chaque rotation planétaire, si tu veux. Du moment que tu me rends la pareille avec enthousiasme.

Lorsqu'il se dirige vers moi à grands pas en déchirant son tee-shirt pour me dévoiler ses muscles qui se contractent à chaque mouvement, je retiens mon souffle.

— D'ailleurs, je crois qu'on va commencer par ça, dit-il.

Debout devant le disque de sommeil, il ôte son pantalon. Son membre se dresse devant moi, si dur et épais que je hausse les sourcils, émerveillée.

— Je vais t'apprendre à nous sucer comme il faut. C'est une leçon qui te sera très utile, petite humaine. Rampe jusqu'à moi, Mirelle. Pose ta bouche sur moi.

Fascinée, j'obéis, incapable de quitter son corps des yeux.

Je n'ai encore jamais fait ça, mais je n'ai aucun mal à deviner ce qu'il attend de moi. Je commence par lécher le bout de son sexe, surprise que sa peau soit si douce et chaude. Il a un goût un peu salé, un goût qui m'intrigue et qui m'envoie un frisson de désir dans les tétons et le clitoris.

Il gémit.

— Continue de lécher mon gland comme ça. Et ensuite, prends-le dans ta bouche. Suce.

Je fais ce qu'il me demande, curieuse de l'explorer avec ma langue et mes dents. Je ne suis pas sûre de la force à appliquer.

— Je ne veux pas te faire mal, murmuré-je en reculant. Je...

Il rit.

— Tu ne me feras pas mal, ne t'inquiète pas. C'est promis.

— Très bien.

D'un geste hésitant, je me remets au travail. Puis je le regarde à nouveau.

— C'est juste que je n'ai jamais fait ça.

— Je sais.

Sa voix est étonnamment tendre, et il glisse les deux mains dans mes cheveux.

— Moi, je n'ai jamais ressenti un plaisir aussi exquis de toute ma vie. Continue comme ça. Je te promets que je vais adorer.

J'apprends vite, et il n'y a pas de raison que ce domaine soit différent. Si je suis parvenue à maîtriser les prises d'arts martiaux les plus compliquées, je peux bien apprendre à sucer mes deux nouveaux compagnons zandiens.

Mes gestes sont maladroits, au début, mais lorsque je prends confiance en moi, je me mets à aller et venir avec enthousiasme, en me servant de ma langue pour titiller son érection, souriant autour de son membre alors que je le sens s'allonger et durcir. Voyant que je suis à l'aise, il se met à donner des coups de reins. Lentement au début, puis plus profondément.

— Elle se donne à fond. Je pense qu'elle mérite une récompense, dit Domm, désormais debout derrière moi. Écarte plus les cuisses, petite guerrière. Je vais te motiver à tenir bon.

Pendant que je continue de sucer Lanz, Domm penche la tête sur moi et me lèche, sa langue profondément enfoncée en moi.

Je pousse un cri, un son étouffé par le membre de Lanz. Surprise, je le mords, et il émet un grognement. Au début, je pense lui avoir fait mal, avant de réaliser que ça lui a plu. Douce Terre mère, ces Zandiens sont en acier trempé !

— Mords-moi autant que tu veux, petite *vipn*, marmonne-t-il en me prenant par les cheveux pour m'at-

tirer contre lui, emplissant ma gorge de son membre turges-
cent. Tes dents d'humaine ne font que me chatouiller, et
elles me donnent encore plus envie de jouir dans ta jolie
bouche.

À ces mots, je laisse mes dents l'effleurer, savourant son
grondement de satisfaction, puis je le suce le plus fort
possible pendant qu'il va et vient. Mais je commence à avoir
du mal à me concentrer sur ce que je fais, car Domm est très
doué avec sa langue et me rend folle d'excitation. Il me
lèche et me caresse juste assez pour me mettre à bout, avant
de se retirer.

— Laisse-moi jouir ! protesté-je en lâchant Lanz, incapable de supporter une telle frustration.

— Pas encore, répond Domm en me donnant une
grande claque sur les fesses.

Je pousse une exclamation.

— Reprends Lanz en bouche, ou tu ne jouiras pas avant
des heures, me menace-t-il.

J'obéis, et il se met à me titiller avec ses doigts.

— Je vais te rendre folle. Quand tu atteindras enfin l'orgasme, la récompense sera incroyable. Tu feras tout ce qu'on
te demandera pour obtenir ton plaisir.

Avec un son suprêmement agacé, je continue de sucer et
de lécher. Les doigts de Domm me caressent, me menant de
nouveau vers l'extase.

— Parce que tes orgasmes obéissent à notre bon vouloir,
ajoute-t-il en me frappant de nouveau le derrière. Seulement quand nous le permettons.

Cette idée me fait presque jouir sur-le-champ, mais il a
repris ses doigts, me privant de la friction nécessaire pour
me faire basculer.

Lanz recule, et je pousse une exclamation surprise.

— Donne-lui une fessée, suggère-t-il. Rappelle-lui que

nous sommes ses maîtres. Elle pourra se remettre à la tâche après.

Il s'assoit sur le disque, jambes écartées, et place une main presque indolente sur son érection d'acier. Il la caresse de bas en haut, en la serrant avec une force que j'aurais cru douloureuse.

— Regarde ce que je fais pendant ton châtiment, m'ordonne-t-il. Sois attentive, car parfois, je te demanderai de faire la même chose avec tes petites mains.

Je ne peux pas détourner les yeux, de toute façon. Son corps est parfait, divinement musclé, et le regarder se caresser avec ses mains puissantes, les yeux fermés, la tête renversée en arrière, me donne envie de le prendre en bouche. En main.

Au lieu de cela, la paume de Domm s'écrase sur mes deux fesses à la fois.

Je halète alors qu'il recommence. Encore.

— Je lui en donne combien ?

Il me frappe le haut des cuisses, et comme elles sont écartées, il est tout près de mon sexe. Je crie et tente de serrer les jambes.

— Non. Reste ouverte.

Il frappe à nouveau.

— Voilà, comme ça.

— Oui, Maître, murmuré-je.

— Combien de coups elle mérite, à ton avis ? lui demande Lanz en serrant fermement son érection.

Je vois ses phalanges blanchir sous la pression. Je retiens mon souffle, les yeux écarquillés, alors qu'il remonte jusqu'au gland, étirant sa peau, avant de se lâcher. Il reproduit son geste.

— Je dirais une vingtaine ou une trentaine de coups, ou jusqu'à ce qu'elle nous supplie sagement, dit Domm en frappant à nouveau. Je l'obligerais bien à compter tout haut, mais je crois qu'elle a la tête ailleurs.

Il rit, et sa main s'abat sur moi.

— Ça fait mal, gémis-je.

— J'ai dit le contraire ? Il ne me semble pas.

Il me donne encore quelques coups.

— Non, mais...

— Les fessées sont-elles censées faire mal ? Tu connais forcément la réponse.

— Connard.

Il frappe plus fort, cette fois. Je devrais détester ça, et c'est en partie le cas. Mais mon corps s'embrase aussitôt, chaque terminaison nerveuse pleine de désir. J'en veux encore. Tellement que cela risque de me tuer.

Il frappe à nouveau.

— Estime-toi heureuse qu'il n'y ait pas de ceinture, cette fois.

— Parce qu'on possède plein d'autres instruments avec lesquels te punir, si nécessaire, intervient Lanz. Et ils ne sont pas tous aussi doux que la ceinture.

— Doux ? Aïe.

— Façon de parler.

Domm glisse la tête entre mes jambes et me donne un coup de langue, me faisant gémir.

Durant les minutes suivantes, il alterne les claques sur mes fesses et les coups de langue, et ces deux sensations finissent par me rendre folle d'excitation.

— Pitié pitié...

Ma peau est en feu. Je n'en peux plus. Pourtant, j'en veux encore, car il continue de me lécher, et chaque contact de sa paume me donne encore plus envie de sa bouche.

— Pitié quoi ? demande-t-il en m'assénant un nouveau coup.

— Pitié, je veux...

— Oh, tu veux quelque chose, hein ? Et si tu commençais plutôt par proposer une contrepartie ?

Il enchaîne les tapes sur mes fesses.

— Pitié. Lanz, je te sucerai pile comme tu aimes. Reviens et glisse ta queue dans ma bouche. Domm, tu peux me prendre comme tu veux, mais pitié, j'ai besoin de...

— Comment résister à cette charmante proposition ? m'interrompt Lanz en se levant. Il était temps.

Je pousse presque un cri de soulagement et de satisfaction lorsqu'il plonge son sexe dans ma bouche, et je me mets à le sucer avec enthousiasme.

— Je vais la prendre par-derrière, annonce Domm. Écarte les jambes un peu plus, Mirelle.

J'obéis, ajustant machinalement mes hanches lorsqu'il colle son membre à mon entrée.

— Tu es tellement trempée que tu n'auras pas mal du tout, murmure-t-il en me caressant.

Je gémis sur le sexe de Lanz, car je ne suis pas sûre que Domm ait raison, mais lorsqu'il commence à s'enfoncer centimètre par centimètre, je ne ressens qu'une délicieuse impression de complétude. Et l'envie qu'il aille et vienne en moi. Tout de suite.

Je bouge le bassin pour l'encourager.

— Oui ? Tu te sens bien ? s'enquiert-il en me saisissant fermement les hanches.

Je hoche légèrement la tête, sans cesser de sucer.

— Mmm. Oui.

— Alors fais plaisir à Lanz, et je te récompenserai.

Il s'enfonce, puis se retire. Je gémis, déçue de ne plus le sentir. J'ai mal à la mâchoire, mais je redouble d'efforts. Seulement quelques secondes plus tard, les doigts de Lanz se referment sur mes cheveux.

— Mirelle, *vutain.*

Il emplit ma gorge de son essence chaude.

Je suis surprise, et je me sens nerveuse, mais j'avale sans réfléchir, étonnée de son goût neutre, presque doux, et de mon plaisir à l'idée de le satisfaire ainsi.

Il pousse plusieurs gémissements, crispé dans ma bouche, et je continue de le lécher, consciente que je prolonge son orgasme.

Lorsqu'il se retire enfin de ma bouche et s'écroule à mes côtés sur le disque de sommeil, son visage est tellement détendu et comblé et que je me gonfle de fierté.

Je m'essuie la bouche du dos de la main, et je m'arrête net.

— Les couleurs !

Ses cuisses aussi sont parcourues de plusieurs teintes différentes. Son sperme est aux couleurs de l'arc-en-ciel ! Je n'avais jamais vu une telle chose.

— Une particularité zandienne, explique Domm derrière moi en riant. Tu constateras peut-être que nous avons une couleur différente, tous les deux.

— Je ne manquerai pas de faire un rapport scientifique sur ce phénomène, réponds-je en ondulant des fesses. Mais je crois qu'on m'avait promis une récompense.

— Oh, vraiment ? demande-t-il en me donnant une tape.

— Oui, et c'est à toi de me donner ma récompense.

— Si tu insistes. Remets-toi à quatre pattes, puis penche-toi en avant et étire les bras le plus loin possible.

— J'attends toujours. Aïe !

Je ris lorsqu'il me fesse à nouveau.

— On dirait que tu veux des coups de ceinture, grommelle-t-il.

Il a peut-être raison. Je le désire tellement que j'ai envie de ce mélange de plaisir et de douleur, d'être poussée dans mes retranchements.

— C'est ta queue que je veux, susurré-je en lui jetant une œillade par-dessus mon épaule. Ta queue de Zandien bien dure. Ne me dis pas que tu n'es pas tenté par ma jolie chatte d'humaine.

J'ignore d'où me viennent ces mots ; tout ce que je sais, c'est que les iris de Domm deviennent violets, que ses cornes durcissent.

— Je suis plus que tenté.

Il se remet en position derrière moi et se colle de nouveau à mon entrée.

— Tu seras bien sage pendant que je te *vute* ? Tu m'obéiras ?

— Oui, murmuré-je.

Je ferme les poings sur les draps tout doux. J'écarte encore plus les jambes pour l'encourager à se remettre en mouvement. Tout de suite.

— Et tu seras bien sage avec Lanz et moi chaque rotation planétaire ? Tu feras ce qu'on te dit ? Tu apprendras à connaître Zandia ?

— Oui, oui, promis, scandé-je presque.

Je lui aurais promis n'importe quoi, en cet instant.

— Je vais mourir, si tu ne me laisses pas jouir maintenant.

— Oh, ce serait dommage, dit-il.

Il se glisse en moi, et je pousse un cri de plaisir. Je n'ai jamais été aussi remplie. Et quand il se met à aller et venir, son membre stimule en moi un endroit qui m'illumine comme un ciel étoilé.

Soudain, Lanz apparaît à côté de moi, et il m'embrasse pendant que Domm me donne des coups de reins. Il colle ma bouche à la sienne et je le mords, consciente qu'il n'en souffrira pas. Je peux être aussi sauvage que je le souhaite, cela ne fera que nous procurer du plaisir.

Je pousse un cri d'extase, mais bientôt, je ne peux même plus émettre le moindre son, car je suis submergée par l'émotion. L'orgasme qui monte en moi est beaucoup plus puissant que celui qu'ils m'ont donné tout à l'heure, et j'en ai le souffle coupé. Je ne me suis jamais sentie aussi proche d'un autre être, et encore moins de deux êtres d'un coup, mais en cet instant, j'ai l'impression qu'il s'agit de mon destin. Comme si toute ma vie m'avait menée à eux. Comme s'ils étaient faits pour moi, qu'ils l'avaient toujours été, avant même que je les rencontre.

Tout mon corps explose de lumière et de sensation alors que je jouis, encore et encore, tremblante et gémissante.

Dans un grognement, Domm se crispe contre moi, et je comprends qu'il atteint l'orgasme, lui aussi. Mais tout ce que je suis capable de faire, c'est surfer ma propre vague de plaisir et la laisser me porter à travers la galaxie.

Domm

Je suis perdu en orbite.

Revendiquer Mirelle m'a fait atteindre des sommets, et le plaisir m'imprègne jusqu'aux os. Lanz et moi avons visité des bordels galactiques, avons connu plusieurs espèces. Mais elle est exceptionnelle. Aussi rare qu'un cristal zandien.

— Tu as besoin de quelque chose ? demande Lanz à notre petite humaine.

Il lui palpe la cuisse.

— Non, répond-elle d'une voix douce et rêveuse. Tout va bien.

Je lui prends la main et entremêle nos doigts. Elle les serre comme par réflexe. Je soulève nos mains jointes et m'extasie devant la petitesse de la sienne. Devant sa délicatesse. Pourtant, cette créature minuscule a tenu bon face à Lanz, un guerrier redoutable et entraîné.

— Ta main est deux fois plus grande que la mienne, chuchote-t-elle. Elle est énorme.

— Ça t'impressionne, mais moi, ce qui m'émerveille, c'est de voir autant de force dans un si petit corps. Comment est-ce possible ?

Elle secoue la tête sur l'oreiller, ses cheveux roux étalés tout autour d'elle.

— Je suis comme ça, c'est tout. Je m'entraîne.

— C'est incroyable, intervient Lanz en lui caressant la peau. Tu es si douce et délicate, mais tu te bats comme une guerrière.

— Et tu baises comme une guerrière, renchéris-je avec un sourire.

Elle est détendue, et j'aime la voir à son aise, pour une fois. Elle ne lutte pas, ne défend pas sa liberté. Je suis fier que nous l'ayons comblée à ce point. Lui donner du plaisir est un *vutain* de privilège. Un privilège que je compte garder toute ma vie.

— Tu as dit que tu t'entraînais. Comment ? demande Lanz.

Je retiens mon souffle. J'espère qu'elle ne va pas se renfermer sur elle-même à nouveau.

— J'apprends à combattre depuis que j'ai fait mes premiers pas. C'est ma sœur qui m'a formée. Et j'ai aussi eu d'autres instructeurs.

— Sur Jesel ?

Elle hoche la tête.

— J'y ai vécu toute ma vie.

— Tu n'as jamais été esclave, dis-je, étonné.

— Je suis née libre, confirme-t-elle avec fierté. Nous formons un petit groupe là-bas. Une sorte de colonie créée par des humains qui s'étaient enfuis. Qui ont tenté d'en sauver d'autres. Ma sœur et moi sommes nées libres.

Elle cligne des yeux avec force.

— Je ne me souviens pas de ma mère. Mais notre père nous a appris à nous battre, à survivre, et tous les nouveaux arrivants nous enseignent ce qu'ils savent.

Je tords le cou pour voir son visage.

— Mais comment as-tu appris à construire un vaisseau ? À piloter comme ça ? Sans école, sans véritables formateurs, c'est impossible.

Elle a un rire sans humour.

— Je peux t'assurer que c'est possible. Le désespoir est un formateur hors pair. Mais vous devez le savoir, après ce que vous avez vécu avec les Finns. Quand on a absolument besoin d'atteindre un objectif, on trouve toujours un moyen.

Lanz et moi caressons son corps sublime en attendant la suite. Notre patience est récompensée.

— On fait de la récupération, du troc, on vole. On fait ce qu'on peut. On étudie grâce à de vieux hologrammes. On tente des choses. On reste discrets. Ce n'est pas facile, mais dès que je sauve un humain, je me dis que ça vaut le coup.

— Tu as accompli beaucoup de choses, murmure Lanz. Tu as vraiment sauvé plus de cinquante humains ?

— Oui.

— Dans le vaisseau qu'on a vu ?

— Oui, le seul et l'unique, répond-elle, son visage traversé par le chagrin. Il est vraiment fichu ?

— On l'a tracté jusqu'ici, mais... oui. Il n'est pas opérationnel, et je doute qu'il puisse être réparé sans d'énormes efforts.

Je lui jette un regard. Si nous ne sommes pas prudents, elle risque de tenter de le réparer et de s'envoler loin d'ici dès que possible.

— Je ne comprends même pas comment tu arrivais à piloter ce truc. Tu étais comme aveugle, privée d'instruments de navigation modernes.

— Au début, c'est l'impression qu'on a, oui. Mais j'ai fini par avoir un sixième sens. Vous voyez ce que je veux dire ?

Nous la dévisageons d'un air hébété.

— Je perçois souvent les menaces avant de les voir. Comme si je devinais l'emplacement des astéroïdes ou des débris. Des courants spatiaux.

Mon cœur s'emballe. Elle est hors du commun, je le savais. Comme la compagne humaine du roi, elle a un don de prémonition.

Nous, tu ne nous as pas vus venir, dis-je.

— Vous étiez dissimulés. Les astéroïdes n'ont pas de mode furtif, aux dernières nouvelles, répond-elle en levant les yeux au ciel. Et je remercie les étoiles pour ça, car sinon, personne ne pourrait piloter quoi que ce soit.

Son brouillard post-orgasmique a dû se dissiper, ou notre sujet de conversation lui a donné des idées noires, car son expression s'assombrit.

Elle soupire.

— J'ai besoin de me reposer.

Je suis blessé lorsqu'elle s'éloigne, qu'elle se roule en boule, les bras autour de ses genoux.

CHAPITRE HUIT

L*anz*

— Je crois que ça s'est bien passé, dis-je en observant la silhouette endormie de Mirelle.

Domm est occupé à enfiler son équipement : bottes, pantalon de vol. Il s'interrompt.

— Oui, j'imagine.

— Comment ça ?

— Elle accepte à peine sa présence ici. À mon avis, il y a une chance sur deux pour qu'elle nous tue dans notre sommeil.

— On peut commencer par la menotter la nuit.

Mon membre s'éveille à l'idée de garder Mirelle sous clé. C'est sans doute tordu, mais cela m'excite plus que tout.

Domm ramasse son sac et m'adresse un sourire.

— Bonne idée, dit-il, avant de se tourner en direction du placard. Tu lui montreras où se trouvent toutes les affaires ? Tu feras venir Kristine pour l'aider à s'acclimater ?

Je hoche la tête.

— Je te rejoins le plus vite possible.

Il se renfrogne.

— Ce n'est pas l'idéal. On devrait pouvoir rester avec elle à temps plein pendant les premières... Pour commencer.

Je suis du même avis. Je suis convaincu que nous devrions l'emmener en mission. C'est une guerrière, après tout. Elle ne se fera jamais à la vie ici en restant à la maison toute la journée alors qu'elle a passé toute sa vie à se battre. Si nous voulons lui prouver qu'une vie l'attend ici avec nous, nous devrions lui montrer que ses compétences peuvent être utilisées à bon escient.

Mais bien entendu, le roi Zander n'accepterait jamais. Et nous avons reçu l'ordre d'effectuer une courte mission. Bon sang.

— Maître Seke ne nous l'aurait pas demandé si ce n'était pas d'une importance capitale pour Zandia, dis-je.

Domm hoche la tête.

— Je sais, mais ce n'est pas facile pour autant.

Nous restons plantés devant elle, à la regarder dormir. Je sais que mon ami est tout aussi fasciné que moi par notre compagne, complètement captivé.

— Tu crois que ça va marcher ? demandé-je à voix basse, bien qu'elle dorme à poings fermés.

— Je ne sais pas.

C'est un moment rare, entre nous. Nous n'aimons pas faire preuve d'incertitude ou de vulnérabilité, et encore moins les deux en même temps. Ce serait désastreux, sur le champ de bataille.

— On fera tout pour, dis-je d'un ton bien plus confiant que je ne le suis vraiment. Je ne déconnais pas, quand je l'ai acceptée comme compagne.

— Moi non plus, rétorque Domm en fronçant les sourcils. Qu'est-ce que tu insinues ?

Je plisse les yeux.

— Rien. Je veux juste dire que ça compte beaucoup pour moi.

Je détourne le regard et ajoute dans un murmure :

— Et toi aussi.

— Comment ?

Je le regarde d'un air impassible.

— J'ai dit que toi aussi, tu comptes pour moi. Vivre avec toi en tant que frère, que co-compagnon de Mirelle, c'est... eh bien, c'est... quelque chose de positif.

Je chasse mon impression de m'être coupé les cornes et d'être devenu humain. Ou d'avoir perdu mes couilles.

— Je crois que je ressens la même chose, dit-il en glissant son poignard dans son fourreau. Enfin, on est proches depuis tout jeunes. C'est logique que l'on fasse ça aussi ensemble. Que l'on fonde une famille.

— Ouais. On est proches. Tu es comme un frère pour moi.

Il sourit.

— Quoi ? Tu peux répéter ?

— Va te faire *vuter*. Allez, tire-toi avant d'arriver en retard. La dernière chose qu'on veut, c'est que quelqu'un remette en cause notre capacité de faire notre boulot à cause... d'elle. On doit être exemplaires.

— Inquiète-toi pour toi, répond-il avec un regard noir. Moi, tout ce que je fais est absolument parfait. Toi, par contre...

Il éclate de rire.

— Espèce de sauvage. Va-t'en.

Pour lui aussi, plaisanter est plus facile que les discussions sérieuses.

Il se dirige vers la porte à grands pas, mais se retourne pour me regarder.

— Prends bien soin d'elle. Ne l'épuise pas.

∾

Domm

— Pendant les trois prochains mois, nous aurons besoin de patrouilles supplémentaires afin de surveiller l'espace aérien dans les environs d'Hectan-3, annonce Seke en nous montrant une carte en 4 D de la zone en question.

Des bruissements et des murmures se font entendre dans la salle alors que les autres guerriers zandiens et moi échangeons des regards.

— Vous avez des questions, dit Seke d'un ton calme. La réponse, c'est que les Ocrétiens, ou du moins quelques factions pirates, veulent mettre la main sur nos nouveaux vaisseaux de guerre. Ils veulent s'approprier nos technologies.

— Toutes les factions de la galaxie cherchent à piquer les inventions des autres, commente un guerrier du nom de Lanyon. Qu'est-ce qui a changé ?

— Ils ont eux aussi des nouveaux vaisseaux, avec un mode furtif plus efficace. Ils sont presque invisibles, dans certaines circonstances. Le problème, c'est que nous devons mettre la main sur l'un de leurs appareils pour l'analyser avant qu'ils ne fassent pareil avec les nôtres.

De nouveaux grommellements retentissent.

— Ils comptent tenter de conquérir notre planète ?

— Non. Les Ocrétiens sont cupides, mais pas idiots. Une

conquête serait une très mauvaise idée, en ce moment ; cela n'aurait pas bonne presse, surtout avec les accords galactiques qu'ils ont signés pour faciliter le commerce. Le plus important à leurs yeux, c'est l'argent.

— Alors ils en ont seulement après nos progrès scientifiques.

— Précisément. Et c'est réciproque.

Seke hausse légèrement le ton lorsqu'il ajoute :

— Mais nous ne mettrons aucune vie zandienne en péril pour obtenir ces informations, c'est bien clair ? Faute de vaisseaux, ils n'hésiteraient pas à capturer l'un d'entre vous pour l'interroger. Vous valez un nombre incalculable de steins, si vous vous faites enlever. Ne prenez aucun risque. La prudence est de mise.

Une fois la réunion terminée, je retrouve Lanz sur notre vaisseau. Je l'informe des annonces de Seke.

Il se renfrogne.

— Mais on peut toujours effectuer des missions de sauvetage ?

— Oui. Mais on a le droit d'utiliser la force si nécessaire, et on doit éviter les situations dangereuses. On ne s'approche pas de Jesel, Techna et des étoiles midriennes.

— Toutes les situations sont dangereuses, dit Lanz avec un grognement amusé. Mais je comprends.

— Comment va Mirelle ? m'enquiers-je, impatient de revenir au sujet de notre compagne.

Il soupire.

— Elle ne se montre qu'à moitié coopérative, mais elle s'est animée lorsque Kristine est venue lui parler.

— C'est bon signe, non ?

Mon ami penche la tête sur le côté.

— Pas si elle la cible pour sa mission de sauvetage d'humaines.

— *Vutain*, grommelé-je. Ce n'est pas encore gagné.

~

Mirelle

— Bon. On m'a demandé de venir te parler de la vie des humaines sur Zandia.

La femme qui me regarde a de grands yeux brillants et une peau soyeuse, mais c'est elle qui est vraiment radieuse. Elle est heureuse ; un bonheur incroyable, exubérant. Et ça se voit.

Je ne peux pas m'empêcher de remarquer qu'un garde l'accompagne, un grand Zandien musclé. Il a les bras croisés sur son torse large, et il reste planté devant la porte. Il nous observe.

— Pour te protéger ? demandé-je en le montrant du doigt.

Elle hausse une épaule.

— On m'a dit que c'était nécessaire en ta présence, jusqu'à nouvel ordre.

Contrairement à Bayla, qui était parfaitement à l'aise en ma présence, cette humaine semble nerveuse. Je le vois à ses épaules tendues, à ses regards répétés vers le garde. Mais je l'intrigue également.

— Je ne te ferai pas de mal, dis-je. Et à lui non plus.

Je m'assois. J'ai un début de mal de tête, juste derrière les yeux.

— Je t'en prie, raconte-moi ce que tu es venue me dire.

— D'accord.

Elle lisse sa jupe ample et s'assoit précautionneusement,

sans jamais me quitter des yeux.

— Déjà, bienvenue sur Zandia.

J'éclate de rire. Pleurer ne m'avancerait à rien.

Elle déglutit.

— Je comprends ce que tu ressens.

— Ça m'étonnerait, répliqué-je en croisant les bras.

— Moi non plus, je n'étais pas contente d'être ici, au début. Mais désormais, j'adore.

Elle se penche en avant et ajoute :

— On a la belle vie, ici. Et tu n'as pas intérêt à tout gâcher pour nous.

Elle a pris un air mécontent.

— Tout gâcher ? répété-je en haussant les sourcils.

Elle me regarde fixement.

— On a entendu parler de ce que tu savais faire. Au combat. Aux commandes d'un vaisseau. Je sais que tu veux partir. C'était notre cas à toutes, au début. La différence, c'est que tu pourrais bien y parvenir. Et ça me fait un peu peur. Parce qu'ici, on a bâti quelque chose qui mérite de perdurer.

— Si un seul être est capable de détruire une seule planète, la planète en question n'est pas aussi puissante qu'elle le prétend. Elle mérite peut-être d'être anéantie pour être mieux reconstruite.

— Ou alors il faut qu'on y mette toutes du nôtre pour lui assurer un avenir radieux.

Elle n'a plus peur de moi.

— Comme tu peux le constater, je suis sous bonne garde, et d'après ce que j'ai compris, je resterai enfermée ici. Alors il y a peu de chances que je gâche tout de sitôt.

— Mais je vois bien qu'intérieurement, tu es prête à exploser, dit-elle en se frappant la poitrine.

— Tu dois avoir une vue hors du commun.

— Tu dois avoir une histoire hors du commun.

Je ne m'attendais pas à cette remarque de sa part, et je fronce les sourcils, surprise.

— Quoi ?

— Pour faire ce que tu faisais. Ce que tu fais. Tu es sans doute un être exceptionnel.

Je cille, hébétée. On ne m'avait encore jamais dit une telle chose, et Kristine a beau être en colère, sa sincérité est évidente.

— Euh... je ne me vois pas comme ça. Je me concentre juste sur mes objectifs, et je fais en sorte de les atteindre.

Je choisis mes mots suivants avec prudence :

— J'imagine que ta vie aussi sortait de l'ordinaire ?

— Comme tous les êtres humains.

Elle sort un appareil de communication de sa besace. Elle appuie sur un bouton, et une image holographique apparaît.

— Regarde, dit-elle en me tenant l'appareil.

— Qu'est-ce que je suis censée voir ?

Mais mon regard se pose sur la première image. Je retiens mon souffle.

— Par les étoiles.

Il s'agit d'un groupe d'au moins vingt humaines. Et contrairement aux autres groupes que j'ai l'habitude de voir, ces femmes sourient. Elles sont fortes. En bonne santé. Heureuse. Certaines d'entre elles ont même des bébés dans les bras.

Je fais tourner l'image.

— Ce sont des bébés zandiens ?

— Non. Ils sont humano-zandiens, répond la jeune femme, sa voix pleine de fierté. Regarde les autres.

Je passe les images en revue.

Kristine quitte sa chaise pour se mettre debout à côté de

moi, penchée sur mon épaule pour me donner des explications. Je sens son odeur, légère et florale. Propre.

— Elle, c'est Janette. Elle travaille avec le Dr Daneth et met au point des médicaments pour notre planète. Certaines de ses inventions sont plus efficaces que les onguents dernier cri que l'on trouve sur les marchés de Zellion.

Je siffle.

— Zellion est pourtant connue pour ses avancées en médecine.

— Oui, dit-elle en passant à l'image suivante. Ça, c'est Angela. Elle est ingénieure, et elle a contribué au nouveau mode furtif. Elle est sur un pied d'égalité avec les techniciens zandiens. Elle est brillante.

Elle me montre une photo d'un vaisseau.

— Par les étoiles, dis-je, prise d'une envie irrépressible de me glisser derrière le tableau de commande. C'est le rêve.

J'ai envie de zoomer pour l'examiner en détail, mais elle passe déjà à l'image suivante.

— Voilà une photo de la ferme de Betha. Regarde les fruits et légumes qu'elle fait pousser ! Ses produits sont encore meilleurs que ceux qu'on trouve sur Allurex.

Je repasse à la photo du vaisseau.

— C'est incroyable. Une humaine a vraiment travaillé dessus ?

— Bien sûr. Sur notre planète, elle est connue comme l'un des êtres les plus intelligents de la galaxie.

Je suis envahie par la jalousie et l'envie d'être la meilleure.

— J'en serais capable, moi aussi. Par les étoiles, si on me laissait une rotation planétaire aux commandes de cet appareil, je pourrais accomplir des choses incroyables. J'en suis sûre.

L'espace d'une seconde, je m'imagine piloter ce vaisseau, aider à l'améliorer. Je me vois avec Lanz et Domm, à lutter et travailler ensemble pour sauver... Je secoue la tête. Qu'est-ce qui me prend ? D'où me viennent ces idées absurdes ?

— Pour ça, il faudrait que tu gagnes la confiance des Zandiens, dit-elle en pianotant sur la table.

— Et comment y parvenir ?

Je me souviens que c'est censé être mon but, justement. Le souci, c'est que je ne suis plus sûre de faire semblant. Voir ces humaines et tout ce qu'elles ont accompli ? Je serais prête à me couper un bras pour avoir accès à ce genre de technologie. Je pourrais collaborer avec elle dans un objectif commun.

Kristine ne me répond pas tout de suite. Elle s'assoit devant moi et me dévisage. Puis elle dit :

— On aime vivre ici. C'est la planète qu'on s'est choisie. Notre avenir.

Je songe à Jesel.

— Pardon, mais vous n'avez nulle part où aller, je me trompe ? C'est plus facile de vous intégrer ici. Vous n'aviez pas d'obligations envers un endroit que vous aimiez. Vous cherchiez seulement à fuir une situation terrible.

Je me permets de dire cela, car non seulement c'est vrai, mais personne n'y croirait, si j'acceptais soudain la vie ici sans broncher. Je dois y aller petit à petit. Faire preuve de réticence, au début.

— C'est pareil pour toi, rétorque-t-elle.

— Pas du tout. J'ai un foyer que j'ai participé à construire de mes propres mains, avec mon propre sang. Comme vous ici. Et ma loyauté va avant tout à cet endroit-là.

Je suis prise d'un léger malaise, car ce n'est pas l'entière vérité. Ou en tout cas, mon dévouement n'est pas aussi fort que je veux bien le faire croire. Jesel est une planète dangereuse et étrange, aussi terrifiante qu'elle est familière. Toute ma vie, j'ai rêvé d'autre chose. Et mon objectif a beau n'avoir jamais été ma vie actuelle, une part de moi a trouvé le repos, ici. Je m'y sens à l'aise.

Mais j'ai passé toute ma vie à me battre pour améliorer Jesel, pour aider les humains qui y vivent toujours, et il est hors de question que je renonce à ce rêve maintenant.

— Parfois, la vie est tortueuse, mais l'on finit là où notre destin doit s'accomplir, dit Kristine.

— Je suis d'accord là-dessus.

Le problème, c'est que je ne suis pas au bon endroit, justement.

Elle se lève.

— On m'a demandé de te faire visiter quelques endroits de la planète.

— Avec le garde, j'imagine, dis-je en regardant le Zandien en question.

Elle rougit.

— Il a le droit de recourir à la force si je... enfin, si tu désobéis.

Intéressant. Je crois que cette humaine éprouve quelques sentiments pour le puissant guerrier. Je ne peux pas nier que les Zandiens sont follement séduisants. Rien que de repenser à hier soir, mon corps me lance de désir.

Je m'éclaircis la gorge.

— Je ne ferai rien qui nécessite l'usage de la force. Je serai sage comme une image.

Elle me regarde d'un air sérieux.

— Parfait. Parce que la vie ici est fantastique, Mirelle. Ne renonce pas à une chance en or avant même de réaliser que c'est ce qu'il te faut.

Je ne trouve pas de réplique cinglante. Et je préfère garder mon énergie pour lui soutirer des informations.

CHAPITRE NEUF

D^{omm}

— TU ES PRÊTE ?

Je jette un regard à Mirelle. Comme d'habitude, la voir me donne envie d'elle. Avec un grognement, je réajuste mon sexe dans mon pantalon.

— Oui, répond-elle.

Elle semble pleine d'assurance, mais je sais qu'elle est nerveuse, car je la vois s'agripper au rebord de la table. Se mordre la lèvre inférieure.

— Il est temps que vous me laissiez sortir d'ici.

Lanz lui prend la main.

— Laisse-moi examiner ton bracelet.

Elle lui jette un regard noir, mais elle le laisse faire. Il touche le métal argenté, et un voyant vert s'allume brièvement. Il me regarde.

— Domm, le tien est activé ?

— Je l'ai déjà testé. Mirelle pourra seulement être

libérée sur nos ordres, et les bracelets lui interdiront l'accès à certaines parties sensibles de la ville.

Je me tourne vers Mirelle et ajoute :

— Si tu t'approches d'une zone interdite, les bracelets clignoteront en jaune. Quand nous serons à proximité, ils clignoteront en bleu, pour que tu saches que tes maîtres ne sont pas loin.

Je souris, mais Mirelle croise les bras et se renfrogne. Je grimace.

— Désolé, petite guerrière. Tu es une combattante exceptionnelle et une adversaire rusée. On serait idiots de te laisser te promener sans système de sécurité.

— Vous réalisez que tout ça, ça ne fait que m'encourager à m'enfuir, non ?

Vutain.

Elle a raison, bien sûr. Nous voulons qu'elle nous fasse confiance, mais nous ne lui faisons pas confiance nous-mêmes. Ça ne me plaît pas, mais la laisser complètement libre serait idiot de notre part.

— N'oublie pas que le bracelet émettra une alarme et se fixera au mur le plus proche si tu tentes de t'approcher d'une zone de décollage, d'un magasin de mécanique ou d'un centre d'entraînement, l'avertis-je.

Elle soupire.

— C'est parfaitement clair.

— Et que se passera-t-il si tu désobéis ?

Elle sourit.

— J'inventerai sans doute en cinq minutes un truc que vos équipes tentent de mettre au point depuis plusieurs cycles solaires. Je réparerai quelques-unes de vos erreurs ou je vous éviterai de vous tuer avec une arme mal réglée. Des petits trucs dans ce genre-là.

Je ne peux pas m'empêcher de sourire à mon tour. Je fais un pas vers elle.

— J'aimerais bien voir ça.

Ce qu'elle vient de décrire, c'est la version d'elle dont je rêve : une Mirelle parfaitement intégrée sur Zandia. La garder prisonnière la mine, et cela me mine également.

Je sais que Lanz et moi lui plaisons. Elle aime ce que nous lui faisons, les punitions comme le plaisir. Et je suis convaincu qu'elle adorerait cette planète, si elle lui laissait sa chance. Mais elle ne pense qu'à son ancienne vie, et je crains qu'il n'y ait pas de place pour la nouveauté dans son esprit.

Elle refuse de parler de l'existence qu'elle menait sur Jesel, mais je vois bien qu'elle y pense à chaque minute de chaque rotation planétaire. Elle est plus là-bas qu'ici.

Nous devons remédier à cela avant que le temps nous manque.

Mais pour l'instant, j'espère que la laisser sortir est un bon début.

— Tu peux te rendre dans les fermes, les autres habitations, le centre-ville. Tu pourras interagir avec d'autres humaines. Ça doit t'intéresser, non ?

Je glisse une main autour de sa taille, avant de descendre sur ses fesses.

— Mmm, dit-elle en se collant à ma paume. Absolument.

Mon corps à d'autres idées susceptibles de l'intéresser.

— On est déjà en retard à notre rendez-vous avec Rok, annonce Lanz en consultant son bracelet de communication. On poursuivra à notre retour.

— J'espère bien, dit Mirelle en se collant de nouveau à moi.

Je sais qu'elle se sert du sexe comme d'une distraction,

un moyen de se changer les idées. Et ça ne me dérange pas. J'espère seulement qu'un jour, elle aimera sa vie ici, même sans les orgasmes.

~

Lanz

— C'est génial.

Mirelle a répété ces mots une bonne dizaine de fois, avec toujours plus d'enthousiasme. Je la prends par la main, car son enthousiasme est contagieux.

— Comment vous faites pour que la navette glisse au-dessus du sol avec autant de fluidité ? demande-t-elle avec un regard au tableau de bord. C'est un système à propulsion magnétique ? Oui, forcément.

Elle secoue la tête.

— C'était une question bête, reprend-elle. Mais il n'y a pas d'aimant au sol. À moins que les minéraux présents sous terre fournissent une poussée suffisante ?

Son visage est aussi radieux qu'une centaine d'étoiles.

— Oui, réponds-je.

— À quelle supposition ?

— Toutes, intervient Domm en souriant.

Elle lève le poing en l'air.

— J'en étais sûre ! Mais dans ce cas, vous devez posséder des aimants au néodyme de force 3, ce qui veut dire que vous avez la capacité de contenir le champ magnétique, ce qui implique que vous ayez accès à des transistors-barrière contrôlés par la lumière. *Douce Terre mère !*

— Comment est-ce que tu connais les transistors

contrôlés par la lumière ? demandé-je en agitant les mains. Il y a des choses que tu ignores ?

Elle sourit.

— Le plus dur, quand tu pilotes un vieux vaisseau imposant comme le mien, c'est que tout le monde te voit venir. Et le plus facile, c'est que *personne* ne te voit venir, si tu fais les choses bien. J'arrivais à me faufiler dans certains endroits comme si j'étais invisible. Pour écouter, découvrir de nouvelles technologies, faire de la récup. Et parfois, euh...

Elle toussote et me jette un regard en coin.

— ... pour soutirer des choses aux autres. Des choses dont ils pouvaient se passer, et moi pas.

Je lève les yeux au ciel.

— Tu es une vraie pirate.

— Une libératrice, corrige-t-elle avec un sourire en coin. Ça alors. Est-ce que... C'est quoi, ça ?

Elle se colle à la vitre de notre navette, tout son corps tendu par l'enthousiasme.

C'est un dôme d'habitation.

— La structure métallique en forme de rayons... c'est du génie. Si j'avais les matériaux nécessaires sous la main, j'aimerais faire la même chose sur Jes...

Elle s'interrompt et se fige. Elle rayonnait il y a quelques instants, mais elle se rembrunit.

Par l'unique étoile zandienne, j'aimerais tellement qu'elle oublie la planète dangereuse dont elle vient et qu'elle trouve sa vocation ici !

Elle se rassoit et regarde par la fenêtre sans dire un mot.

— Qu'est-ce que tu ferais ? demandé-je d'une voix basse et séductrice, comme pour rassurer un petit animal.

Je ne m'attends pas à une réponse de sa part ; elle évite généralement de parler de sa vie d'avant. Mais cette rotation planétaire, elle me surprend :

— Je fabriquerais des maisons de cette forme-là. Tu as vu le poids que pourrait supporter cette structure ? Ces dômes sont étanches et durables.

— Comment sont vos habitations là-bas, actuellement ?

— Tu n'es encore jamais allé sur Jesel ? Je sais que des Zandiens y ont déjà déposé des humains, dit-elle d'un ton légèrement sarcastique. C'est intéressant, que ce qui représente toute ma vie ne soit qu'un détail de la vôtre.

— Personnellement ? Je m'y suis rendu il y a de nombreux cycles solaires. Mais pas souvent. Et pas récemment. La compagne de notre capitaine est originaire de Jesel. Il l'a sauvée d'une bande de mâles humains qui la traînaient par les cheveux et abusaient d'elle. Régulièrement.

Je vois Mirelle pâlir. C'était mesquin de ma part, mais je sais que bien que sa planète soit habitée par des humains libres, il s'agit d'un endroit sans foi ni loi, peu propice à une vie en communauté civilisée.

— Oui, ça arrive, dit-elle d'une voix étranglée. Les femmes sont beaucoup moins nombreuses que les hommes, comme ici.

Elle me jette un regard entendu. J'ignore sa remarque.

— C'est étrange, que nous ayons ignoré votre existence pendant si longtemps.

Comment l'univers a-t-il pu nous la cacher ?

— On restait discrets. On vivait dans des habitations troglodytes souterraines.

— Et toi, comment tu vis ?

— Les choses ont changé, admet-elle. Nos maisons sont faites en briques d'argile, en général, avec des toits de chaume. Nous menons une vie sommaire pour mieux nous concentrer sur l'artisanat et la technologie.

— C'est logique. Du moment que vous n'avez pas à craindre les éléments ou les animaux.

— Il n'y a pas beaucoup de prédateurs, sur Jesel.

Pourtant, elle pâlit à nouveau.

— Ah bon ?

Je sens qu'il s'agit d'un sujet sensible. Je tends la main et la laisse en suspens au-dessus de son bras, sans la toucher.

Elle secoue la tête.

— Le plus important, c'est de surmonter les épreuves. Ne jamais abandonner, même quand c'est dur.

— Des créatures dangereuses ont-elles été introduites par accident ?

Elle me cache quelque chose, et je suis curieux. Je veux savoir pourquoi son air est si grave, ses épaules tendues.

— La vie introduit toujours de nouveaux dangers. Ce qui compte, c'est comment on les affronte.

Elle s'est reprise, mais pas sans peine. Ses bras sont crispés, tout comme le reste de son corps.

— Sur Jesel, je me débrouille très bien, ajoute-t-elle.

Elle plante les ongles dans sa paume avec tant de force que je crains qu'elle s'ouvre la peau.

Elle insiste pour regagner Jesel, mais *vutain*, cette idée semble également la ronger. Je sais que cet endroit n'est pas sûr du tout, et visiblement, elle y a vécu des moments difficiles.

— J'ai l'impression que tu tentes de t'en convaincre toi-même, dis-je.

Je pose la main sur son bras. Le caresse. Je descends jusqu'à ses doigts crispés et touche les creux en forme de demi-lune sur sa paume.

— Quel genre de prédateurs vous avez, ici ? s'enquiert-elle.

Elle me laisse lui ouvrir les mains, mais elle regarde ailleurs.

Et... elle a changé de sujet. Je laisse couler, pour l'instant.

— Les *vipns* vivent dans les forêts. Ils sont rapides, avec des dents acérées et une salive qui cause une grave infection, très difficile à guérir. Elle rend un peu fou. Ce sont des animaux qui vivent en meute et protègent leurs petits par-dessus tout. Mais ils préfèrent se tenir à l'écart des Zandiens, alors du moment que tu ne les prends pas par surprise et que tu ne représentes pas une menace pour leurs petits, tu ne devrais pas avoir de problèmes.

— Ils se battent bien, alors ? demande-t-elle en haussant un sourcil, de nouveau souriante. C'est aussi ce qu'a dit Bayla.

— Absolument. Ils se déplacent en conservant leur énergie au maximum. On dirait une danse. Ils sont très puissants.

Elle se souvient manifestement que je l'ai traitée de *vipn*. Elle vérifie si cette comparaison lui plaît.

— Mais moi, je ne suis pas venimeuse, dit la belle humaine en plissant les yeux.

Je souris.

— Ça reste à voir.

Elle lève les yeux au ciel, mais je sais que ma blague lui plaît, car elle s'illumine.

— On est arrivés.

Je mets la navette en pilotage automatique et nous gare juste devant le grand dôme argenté, un centre d'ingénierie. Je jette un regard à Domm.

Il hausse un sourcil.

— Qu'est-ce que c'est ? demande Mirelle, pleine d'énergie.

— Un endroit où nous accomplissons certaines de nos plus grandes avancées.

J'ouvre la porte et la prends par la main, bien qu'elle

n'en ait pas besoin, avec les marches qui descendent automatiquement.

— Et vous me laissez voir ça ?

— Une partie, oui. Certaines zones sont hors limites. Comme nous en avons discuté.

— Alors je ne les verrai jamais ?

— Pas tout de suite. À l'avenir ? Ça dépend de toi. De la façon dont tu géreras cette liberté partielle. Ton destin est entre tes mains, Mirelle.

Elle grimace et contemple le ciel, même si vu l'intensité du soleil à son apogée, on ne voit pas grand-chose. Si ce sont les étoiles qu'elle cherche, elle va devoir faire plus d'efforts.

— Domm. Lanz.

Mykl s'avance, la lame de son poignard luisant sous le soleil aveuglant.

— On est prêts à vous recevoir.

Son regard se pose brièvement sur Mirelle, impassible. Mais la façon dont il crispe les mâchoires trahit son malaise. *Tous les êtres ne sont pas ravis de notre projet pour réhabiliter notre petite humaine.*

— Mirelle, voici le chef du dôme, Mykl. Tu lui obéiras sans discuter.

— Compris, répond-elle en faisant semblant de s'ennuyer.

— Il te montrera la zone où tu travailleras pour l'instant. On va te laisser réparer des éléments avec une autre humaine. On verra comment tu t'en sors.

Elle se renfrogne.

— Je n'aurai aucun mal à le faire, tu peux me croire.

Elle se penche en avant pour regarder derrière Mykl.

— C'est là-dedans ?

Elle se balance d'un pied sur l'autre et observe les environs d'un œil émerveillé, le corps penché à l'intérieur du dôme.

— Oui, répond Mykl d'un ton sec. Je vais t'emmener à ton poste. Si tu causes le moindre souci, je ne te laisserai pas revenir.

Elle s'éclaircit la gorge.

— Je vois.

— Le protocole de sécurité de ses bracelets est enclenché ? me demande Mykl.

— Oui. Mirelle, on refait le point : si tu tentes de pénétrer dans une zone interdite, une alarme se déclenchera, et ton bracelet se fixera au mur le plus proche. Et tes privilèges seront révoqués. Mykl t'arrêtera. Le roi sera informé. C'est clair ?

Plus calme, elle acquiesce.

Mon estomac se noue. Je sens que ce n'est pas la bonne tactique à adopter avec elle, mais je ne sais pas quoi faire d'autre pour qu'elle trouve un sens à sa vie, tout en m'assurant qu'elle ne s'enfuie pas.

Je sais qu'elle déteste être soumise à l'autorité de quelqu'un, surtout la nôtre. Et ça ne me plaît pas non plus, de jouer les gardes-chiourmes. Mais pour l'instant, en attendant de lui faire confiance, c'est nécessaire.

Sur le chemin du retour, la navette paraît vite, sans Mirelle. Je jette un regard à Domm.

— Tu crois qu'elle est prête ? On a précipité les choses ? Mykl n'était pas content.

Il hausse les épaules.

— On n'a pas de temps à perdre. Soit elle s'intègre, soit non.

Ses mains sont crispées sur sa tablette.

— Si on avait attendu un cycle solaire, elle serait mieux acclimatée.

Domm lâche un grognement amusé.

— Elle n'aurait pas tenu un demi-cycle solaire sans mourir. D'ennui ou de suicide, même. Elle n'est pas capable de rester assise sans rien faire. Tu le sais.

Je hoche la tête.

— Elle est comme le feu. Impossible à contenir.

— Si seulement on arrivait à la guider dans la bonne direction... la même que la nôtre...

Plein d'espoir, il mime la trajectoire avec ses deux mains.

Je me racle la gorge et hoche la tête.

— Quant à Mykl, poursuit-il, il fait ce qu'on lui dit, comme nous. C'est un guerrier, un loyal sujet.

Je lève les yeux au ciel.

— Tu as raison. Je pense qu'il lui faut une compagne. Ça le rendrait moins bougon.

— Tu trouves que ça fonctionne pour nous ? demande-t-il en riant. Moi, je crois qu'on est encore plus à cran qu'avant.

— C'est un problème temporaire, mon frère, réponds-je en lui donnant une tape dans le dos. N'oublie pas que notre compagne est sans doute l'humaine la plus dingue et dangereuse de toute la planète.

— On a le chic pour se fourrer dans ce genre de situations.

Je réfléchis.

— C'est vrai qu'on choisit toujours les missions les plus périlleuses et gratifiantes. Pourquoi en serait-il autrement dans notre vie personnelle ?

Il penche la tête et me glisse un bras autour de l'épaule.

— Bon argument. Et je ne peux pas imaginer meilleur partenaire pour continuer dans cette voie.

— Moi non plus.

Je le prends moi aussi par l'épaule, et durant un instant, nous restons entremêlés, un geste qui me comble.

J'ai beau travailler aux côtés de Domm depuis de nombreux cycles solaires et le considérer comme mon frère de sang, cette conversation est la plus personnelle et intime que nous ayons eue depuis... toujours. Et ça me plaît. Au lieu de me sentir affaibli, je ressors renforcé par le lien que nous partageons.

— Heureusement, vu qu'on va devoir éviter les pirates ocrétiens pour voler l'un de leurs vaisseaux sans subir de dommages.

— Un jeu d'enfants, je te dis.

Il rit, et moi aussi, car c'est la seule réaction possible. Ce défi est le plus difficile et le plus technique que nous ayons jamais relevé.

CHAPITRE DIX

M *irelle*

— TU PEUX ME PASSER LE, euh, comment ça s'appelle ? demandé-je en montrant le mini fixateur de rivets à guidage laser.

L'humaine qui se trouve à côté de moi soupire et échange un regard avec sa voisine.

— Je te l'ai déjà dit cent fois. C'est un lazguide. Et tu vas devoir le tenir avec précaution pour qu'il n'interfère pas avec ton bracelet magnétique.

— Je sais. Merci, réponds-je d'un ton raide en tendant la main. Je peux ?

— Si tu veux. Prends tout ce que tu souhaites, Mirelle. On est à ton *entière* disposition.

Son ton est poli, mais j'entends le va te faire foutre qui se cache en dessous.

Ces femmes me détestent, alors qu'elles ne me connaissent même pas.

Je prends l'outil, vu qu'elle ne semble pas décidée à me le céder.

— Essaye de ne pas mettre le feu, dit-elle.

Elle sourit à son amie.

Amber et Kianna. Toutes deux grandes et musclées. Et sans bracelets magnétiques, contrairement à moi. Un détail qu'elles ne perdent pas une occasion de me rappeler. Plusieurs fois par rotation planétaire, au moins.

Amber observe ma tentative, et l'étincelle que je produis en glissant, laissant l'outil érafler le métal qui se trouve en dessous.

— Continue de t'entraîner, me dit-elle avec un sourire. Tu y arriveras... un jour ou l'autre. Ça fait quoi, quelques semaines, c'est ça ? Je suis sûre que tu finiras par comprendre.

— Si c'est ce que tu veux vraiment, en tout cas, intervient son amie Kianna en croisant les bras, sourcils froncés.

Je repose l'outil et la regarde fixement.

— Qu'est-ce que ça veut dire ?

— À ton avis ? rétorque Kianna sans se laisser démonter.

Elle se rapproche même, jusqu'à ce que nous soyons nez à nez. Si nous n'étions pas au travail, je pense qu'elle aurait voulu se battre avec moi. Et bon sang, je crois que ce serait une bonne adversaire. J'ai vu sa façon de marcher, d'examiner ce qui l'entoure. Si nous nous trouvions sur Jesel, je lui proposerais de lutter avec moi. Je lui apprendrais tout ce que je sais.

Elle poursuit :

— Ça veut dire que si tu essayes de tout faire foirer, tu auras affaire à nous, avant de faire face aux Zandiens.

Je lève les mains.

— Je ne suis pas là pour causer des problèmes.

— Mais bien sûr, dit-elle en levant les yeux au ciel.

Ma voix monte dans les aigus.

— C'est quoi, ton problème ? Qu'est-ce que j'ai fait de mal, ces dernières semaines ?

Elle hausse les sourcils.

— Tu veux dire à part le fait que tu as mis en danger un vaisseau zandien avec deux de nos meilleurs guerriers à son bord, avant de les convaincre de te prendre pour compagne, et interféré dans le sauvetage de deux humaines ? Rien du tout, Mirelle.

— Je veux seulement apprendre à faire ça, dis-je en agitant la main vers la table, les pièces d'unités de communication, les fils et les composantes en tout genre. Me servir de mes compétences. Vous aider.

— Si tu le dis. Apprends, alors.

Elle adresse un signe de tête à Amber.

— On y va.

Elle se retourne vers moi et ajoute :

— Quand on revient, on ira faire un tour dans la carrière près des bois, toutes les trois. Il faut qu'on extraie plus de minerai pour en faire du mag-3.

Elles s'éloignent en gloussant, penchées l'une sur l'autre comme deux sœurs.

Elles ne m'invitent jamais à déjeuner avec elles, et je finis par manger toute seule à mon poste. Je ne sais pas où elles vont. Je ne le leur demande jamais, et elles ne me donnent pas de détails.

Je les regarde partir. Je ressens un pincement au cœur en les voyant si proches. Puis je prends une profonde inspiration et reprends en mains l'outil laser, l'unité de communication et mon manuel, qui comporte plein de chiffres minuscules qui m'obligent à me concentrer en plissant les yeux. Elles ne m'ont même pas demandé si je savais crypter, quand je suis arrivée. Soit elles partaient du principe que j'en étais capable, soit elles espéraient me mettre dans l'embarras. Me faire fuir.

Mais je ne me laisse pas facilement intimider. Et je suis capable d'apprendre, même sans leur aide. Je sais crypter dans plusieurs autres langues. J'ai fait ça toute ma vie, et honnêtement, je travaille mieux dans mon coin, de toute façon.

Je me penche sur ma tâche. J'en suis à la première étape sur plusieurs milliers. Je vais faire les choses pas à pas, et bien vite, j'atteindrai la ligne d'arrivée.

~

Mirelle

Je jette un regard à droite et à gauche, avant de refermer la main sur la résistance. Une seconde plus tard, elle est rangée dans ma tunique.

C'est la dernière pièce dont j'ai besoin, et mon uni-scanner personnel sera complet. Je ne me sens pas le moins du monde coupable. Ce n'est que comme ça que j'apprendrai ce qui se passe sur Jesel.

Pour l'instant, je suis seule, et même si c'est risqué, je ne peux pas résister. Je mets la composante à sa place et appuie sur le bouton. Je lance le scan. Je retiens mon souffle. Mon cœur bat la chamade.

Un instant plus tard, des images et des chiffres défilent sur l'écran, des bribes de communications interceptées. Il y a plusieurs langues et symboles, et je ne comprends pas tout. Les passages en ocrétiens sont inintéressants, pour la plupart : des trajectoires de vol pour des atterrissages sur des planètes voisines, des données ennuyeuses venues des tours de contrôle.

Mais les larmes me montent aux yeux en les voyant, car désormais, j'ai l'univers au bout de mes doigts. Je sais ce qui se passe au-delà de Zandia. Je ne suis plus complètement prisonnière ; je vois au moins hors de ma cage dorée.

Je me plaque une main sur la bouche alors que les symboles dansent et défilent, des suites de 0 et de 1, des chiffres ocrétiens, des gribouillis qui ressemblent à du mayorien. Je suis connectée.

— Je vais rentrer, Iselle, murmuré-je en touchant la flamme autour de mon cou. Je vais rentrer.

Domm

— Tu veux rendre visite à Alanna et Cassie, les humaines que tu as tenté de voler à Archer ?

Ces mots ont à peine quitté ma bouche avant que Mirelle se jette à mon cou.

— Oui ! s'exclame-t-elle.

Hilare, je titube en arrière en la prenant dans mes bras.

— Tout doux, petite guerrière. Elles ont hâte de te voir, elles aussi.

— Où sont-elles ? Chez Archer ?

Ses yeux sondent les miens. Puis elle se détourne.

— Elles sont fâchées contre moi ?

— Je ne crois pas.

— Parce qu'elles se plaisent ici, non ? Et j'ai failli les priver de tout ça.

Elle agite la main vers la fenêtre, la ville. D'une voix plus forte, elle ajoute :

— Je cherchais seulement à les aider.

Je réfléchis.

— Archer ne m'a pas donné cette impression, quand on s'est parlés. Il a simplement dit qu'elles s'acclimataient bien.

— Je parie qu'elles ne sont pas menottées, elles.

— En effet. Tu es prête ?

Je tente toujours de changer de sujet lorsqu'elle mentionne ses bracelets magnétiques, car cela mène à des disputes.

— Je suis toujours prête.

Mais elle va chercher un sac.

— Plus prête que prête, maintenant. Bayla m'a donné des friandises. Je voudrais les partager avec elles.

Je souris et secoue la tête.

— Allons-y.

Une fois devant la maison d'Archer, je fais entrer Mirelle.

Elle salue le propriétaire.

— Bonjour.

Elle rajuste plusieurs fois l'anse de son sac sur son épaule et me regarde, avant de baisser les yeux par terre. Elle aperçoit les deux humaines.

— Bonjour, dit-elle d'une petite voix aiguë.

J'espère que ses inquiétudes se dissipent lorsqu'Alanna se jette dans ses bras.

— Mirelle ! s'exclame-t-elle avec chaleur, tendresse. Je

suis ravie de te revoir. Enfin, dans de meilleures circonstances pour nous deux.

Elle rit. Elle a beaucoup changé. Je reconnais à peine la créature tremblante, sale et terrifiée que j'ai découverte sur le vaisseau rapiécé. À présent, elle est pleine de grâce et d'assurance. Son visage exsude la joie.

Sa fille, Cassie, reste en retrait, puis se met à pleurer. Archer la soulève dans ses bras en murmurant, avant de récupérer un jouet sur un fauteuil planeur, un objet doux avec un visage. Apparemment, les enfants humains aiment les répliques d'animaux. Comme c'est étrange. C'est peut-être le cas de tous les petits, je n'y connais rien.

— Papa, gémit-elle.

Mon cœur se serre alors que je regarde Archer bercer cette humaine minuscule. C'est remarquable de le voir ainsi avec la petite, un guerrier féroce capable d'une telle dévotion. Cela me donne envie de...

Mais Mirelle émet un son de détresse, un petit *oh*, et je me tourne vers elle pour la réconforter.

— Tout va bien, dis-je. Elle se souvient sans doute seulement du vaisseau. De l'Ocrétien.

Je la serre contre moi, prêt à grogner sur l'enfant qui vient de chambouler ma compagne.

— Non, intervient Archer de sa voix rocailleuse en secouant la tête. Elle a toujours peur des nouveaux êtres. Ça lui passera. Elle s'habituera peu à peu à la vie ici.

Alanna retourne auprès de sa fille, et le regard qu'elle lance à cette dernière et à Archer me rend un peu triste. Mirelle continue de nous cacher des choses, j'en suis sûr. Alors que cette humaine se livre complètement. Mais après tout, Alanna était une esclave. Ici, elle est libre. Mirelle était libre, et la voilà menottée.

Ma compagne semble toujours hésitante.

— Vous êtes heureuses ? demande-t-elle d'une voix incertaine.

— Oui. Viens t'asseoir, et je te raconterai ce qui nous est arrivé depuis, dit Alanna en la prenant par la main. J'ai des fruits cultivés dans la ferme d'une amie. Des baies. Ça va te plaire, promis. Et il faut que je te raconte comment j'apprends à crypter.

Une fois les deux femmes assises, la posture de Mirelle change. Elle redresse les épaules, et elle sourit davantage. Elle parle en agitant les mains, et elle finit même par rire. Lorsqu'elles se mettent à glousser ensemble, je pousse un soupir. Tout ira bien.

Je suis surpris de m'en faire à ce point pour Mirelle et la façon dont les autres la perçoivent. Je veux qu'elle trouve sa place ici, qu'elle soit appréciée et qu'elle apprécie les autres. Je veux qu'elle soit chez elle sur Zandia.

Une part de moi se sent frustrée. Alanna s'est intégrée tellement vite. Pourquoi ne parvenons-nous pas à aider Mirelle à faire la même chose ?

J'ai envie de rugir et de taper dans quelque chose, mais je prends sur moi. Nous y parviendrons, Lanz et moi. Je suis le plus calme des deux, et je dois garder la tête froide pour que nous atteignions nos objectifs.

CHAPITRE ONZE

M*irelle*

LE TRAJET jusqu'à la carrière est aussi tendu que prévu,
Kianna et Amber sont distantes et me parlent à peine.

— Attends là, me dit Kianna.

— Elle n'est pas censée rester dans la navette sans
surveillance, lui rappelle Amber.

Kianna lève les yeux au ciel.

— Ah oui, c'est vrai. Suis-moi, alors.

Nous descendons de la navette, au milieu d'une étendue
d'herbes secouées par le vent. Les bois sont à des kilomètres
de là, les troncs noirs et tordus une simple tache menaçante
à l'horizon. Mais le soleil est vif et chaud, la brise fraîche, et
les pierres de la carrière scintillent.

— Ça, c'est notre lieu privilégié pour extraire ce qu'il
nous faut pour les composantes magnétiques, m'explique
Amber d'un ton qui laisse entendre qu'elle préférerait ne

rien me dire. Le minerai est éparpillé un peu partout à la surface, alors il est facile à trouver.

Elle trottine vers la carrière et enfile une lourde paire de gants avant de nous lancer :

— Apportez les boîtes !

— Ce n'est pas une perte de temps, d'aller chercher le minerai vous-même ? demandé-je.

Je le fais également sur Jesel parce que c'est nécessaire, mais ici, chacun se spécialise dans un domaine différent.

Kianna hausse les épaules.

— Tout le monde a besoin de changer d'air, de temps en temps. J'aime bien venir ici, en plus. C'est joli.

Les mains sur les hanches, elle observe les alentours. Elle a raison. Le paysage a beau être désolé, il s'agit d'un grand espace ouvert à des kilomètres à la ronde, et les hautes herbes se balancent dans le vent comme des vagues dans l'océan. Il y a des oiseaux. La forêt apparaît comme une ancre au loin.

— Ça me rappelle...

Elle s'interrompt.

— Quoi donc ?

— Un endroit où j'ai vécu.

Lorsque je la dévisage, son regard est distant. Je crois qu'elle se remémore un être, plus qu'un lieu. Je vois l'avidité qu'elle ressent envers ce dont elle se souvient, et il ne s'agit pas d'arbres ou de hautes herbes. C'est quelque chose de très lointain.

— Avant ton arrivée ici ? demandé-je.

Elle lâche un rire moqueur.

— Évidemment. Quelle observatrice tu fais !

— Ça te manque ?

Je garde un ton doux, car je suis curieuse.

— Je suis heureuse ici.

Elle se tourne vers moi. Elle fronce les sourcils, le visage dur.

— Ce n'est pas parce que j'ai de bons souvenirs que je ne suis pas comblée ici.

— Je n'ai jamais dit que tu étais malheureuse, dis-je en haussant les épaules.

Elle hausse le ton :

— Tu donnes cette impression chaque fois que tu me regardes.

— Comment ça ?

— Tu fais comme si tu valais mieux que nous. Comme si tu avais un objectif digne de ce nom et que tu étais une vraie humaine, toi, et nous de simples esclaves bien sages. Mais laisse-moi te dire un truc.

Elle m'enfonce le doigt dans le sternum.

— Ce qu'on accomplit ici, ce n'est pas facile. C'est un exploit. Et si ça ne t'intéresse pas, on ne veut pas de toi. Compris ?

— Quand est-ce que je t'ai donné cette impression ? demandé-je en levant les mains, perplexe.

— Chaque fois que tu me regardes ! répète-t-elle, avant de se détourner. Avec tes yeux accusateurs. Douce Terre mère.

— Ce n'est pas vrai.

Elle délire, ou quoi ? Oui, j'ai un objectif. Mais comment peut-elle ne pas voir à quel point je suis ouverte à l'idée d'aimer cet endroit ? À quel point je veux m'intégrer et apporter ma contribution ?

C'est alors que nous entendons un hurlement.

Horrifiée, je vois Amber face à une créature noir et marron au poil hérissé. L'animal grogne, ses rangées de dents jaunes scintillant au soleil. L'odeur qu'il dégage est répugnante, comme de la chair en putréfaction, mais ses yeux n'ont rien de mort. Ils brillent d'intelligence.

— Ces bêtes ne s'éloignent jamais des bois, dit Amber d'une voix aiguë et paniquée en faisant un pas en arrière. Qu'est-ce qu'elle fait là ?

Elle agite les bras dans sa direction.

Non, ai-je envie de dire. Reste immobile.

Je n'ai jamais affronté un tel animal, mais mon instinct prend le dessus.

— Je ne sais pas ! répond son amie d'une voix tendue. Tu as une arme ?

— Bien sûr que non ! s'exclame Amber en reculant à nouveau. Il faut qu'on se batte avec ?

— Douce Terre mère, murmure Kianna.

L'animal la regarde. Il va attaquer. Je ne suis pas armée non plus, mais je sais me battre.

Sans réfléchir, je pousse mon cri de guerre, et la bête se tourne vers moi, plus lentement que je ne l'aurais cru. Presque comme si elle déterminait nonchalamment si je valais la peine de se fatiguer.

Sa décision est prise. Elle s'élance.

Ça fait un moment que je n'ai pas bougé comme ça, et même s'il ne s'agit pas d'une situation agréable, reprendre le contrôle de mon corps me fait du bien. Je tournoie et lance un coup de pied, mon geste fétiche, et dans un craquement, je l'atteins en plein dans le crâne.

L'animal rugit et bondit. Ses dents me ratent de peu. Elles dégoulinent de poison. Une goutte...

La chaleur de sa gueule me brûle la jambe, et dans un autre cri de guerre, je saute et envoie un nouveau coup de pied.

Amber et Kianna viennent à la rescousse, et je leur en

suis reconnaissante, car cette créature est plus forte que je ne l'aurais cru.

Amber ramasse une pierre et la jette sur l'animal, l'atteignant au flanc. Le bruit mou et le grognement qui suivent font plaisir à entendre, mais la bête déborde toujours d'énergie. Avec une vigueur accrue, elle gronde et se tapit dans l'herbe.

Kianna se penche en arrière, anticipant un bond de l'animal.

— Kianna, penche-toi en avant, sur la pointe des pieds. Attends que la bête s'élance, puis saute.

Elle ne répond pas, car elle n'en a pas le temps, mais elle suit mes instructions et parvient à lui donner un puissant coup de pied.

J'interviens et attaque son autre flanc. À nous deux, sans faiblir, nous finissons par abattre l'animal. Inerte et roulé en boule, il paraît beaucoup plus petit.

Je me plie en deux, les mains sur les genoux, submergée par l'adrénaline. J'examine ma jambe pour vérifier que la bête ne m'a pas égratignée avec ses dents. Je ne ressens aucune douleur, mais par les étoiles, on ne se rend souvent compte d'une blessure qu'après les faits.

— Tout va bien ? demandé-je à Kianna.

— Oui. Ça va, halète-t-elle. Il ne m'a pas mordue. Et toi ?

— Ça va, réponds-je sans réfléchir.

Je me redresse et inspecte les environs.

— L'animal est arrivé vite et en silence de cette direction. Il faudra que quelqu'un aille voir ce qui a pu le pousser à quitter la forêt. Plus tard.

Nous regagnons le dôme, et je jette un regard à mes collègues. Elles sont toutes les deux un peu pâles, et Amber a les yeux brillants. Durant un instant, je ressens de la compassion pour elles. Ce sont des dures à cuire, mais elles ne sont pas comme moi. Elles ne sont pas capables de passer aussitôt à autre chose après avoir tué.

En fait, elles sont même en pleine crise d'angoisse. Amber a la respiration saccadée et superficielle, et si elle continue comme ça, elle va finir par hyperventiler et s'évanouir.

— Respire profondément, lui dis-je. Inspire et expire chaque fois que je compte jusqu'à trois.

Je lui montre comment appuyer sur sa poitrine, un geste qui fait pression sur les nerfs qui contrôlent le cœur, permettant de réguler son rythme cardiaque qui s'affole.

— Je ne peux pas. Je n'y arrive pas.

— Mais si.

Je prends ses mains dans l'une des miennes, avant de plaquer une paume juste sous sa poitrine.

— Quand j'appuierai, souffle comme pour te vider les poumons. Fais tout sortir. Inspire seulement quand j'enlèverai ma main.

Elle hoche la tête et réessaye, et au bout de quelques minutes, lorsque je lui touche le poignet, son pouls est redevenu normal.

— Merci, me dit-elle d'une voix un peu cassée. Je ne m'attendais pas à avoir aussi peur.

Je pose ma main sur la sienne.

— Ça arrive. C'est une réaction physique. Ce n'est pas ta faute. Tu n'as rien fait de mal. Parfois, la panique arrive à retardement, une fois le choc passé.

— Comment est-ce que tu as su quoi faire ? demande-t-elle tout bas.

Je hausse les épaules.

— J'ai fait ça toute ma vie. J'ai appris à me battre et à sauver les gens. À ce stade, c'est purement instinctif.

Amber déglutit.

— Eh bien tu nous as sauvé la vie. Merci.

— Ce n'est rien.

— Non, ce n'est pas rien, insiste-t-elle d'une voix plus forte. C'est ça que tu penses de nous ? Qu'on est rien ?

Je fais un pas en arrière.

— Non ! Je voulais juste dire...

Je cille. Lorsque je retrouve ma voix, ce n'est plus qu'un murmure, et je suis horrifiée de réaliser que je suis au bord des larmes.

— Je voulais juste dire que ce n'est sans doute rien comparé à ce que je vais devoir faire pour m'intégrer ici. Je ne trouverai jamais ma place.

Je m'essuie les yeux d'un geste brusque, bien qu'ils soient secs, et je croise les bras. Si je jouais la comédie, ce serait une bonne réplique.

Le problème, c'est que ce que je dis est la pure vérité. Et même si mes pensées sont toujours tournées vers Jesel et le moyen d'y retourner, je commence réellement à me plaire sur Zandia. La planète, mes compagnons, les gens... tout est génial. Je me verrais bien vivre ici pour de bon.

Mais je ne peux pas. Jesel est en moi, comme une pierre dans ma poitrine chaque fois que je bouge. Une boule dans ma gorge chaque fois que j'avale ma salive. Une écharde sous mon ongle chaque fois que je touche quelque chose, me rappelant mes obligations. Mes promesses. Mes amis qui m'attendent là-bas. Qui ont besoin de mon aide.

Comment pourrais-je les oublier et faire comme s'ils n'existaient pas ? Je ne peux pas trouver le bonheur ici, pas avant d'avoir surmonté ces sentiments. Et c'est une tâche impossible. Il faut que je regagne Jesel.

Je repousse cette idée pour l'instant, et je me concentre sur le présent.

— Je ne disais pas ça dans ce sens-là, conclus-je.

— Mirelle. Bien sûr que tu trouveras ta place ici. C'est déjà fait, dit Amber d'un air un peu coupable, en repensant sans doute à la façon dont Kianna et elle m'ont traitée. Enfin, tu y arriveras, si tu en as envie. Vraiment envie.

Je hoche la tête. Nous gardons toutes le silence sans nous regarder.

Je regarde mes outils et mon unité de communication sur mon poste de travail. Je prends une grande inspiration.

— Reprenons le boulot, j'imagine.

Kianna acquiesce. Puis elle se place à mes côtés.

— Tiens, fais ça comme ça.

Elle parle d'un ton bas. Elle est plus proche de moi que d'habitude, son épaule contre la mienne. Je sens l'odeur de ses cheveux, de sa sueur et une note herbeuse. D'habitude, elle garde ses distances, comme si j'étais un sac d'ordures.

Elle me montre comment faire.

— Tu vois ? Si tu le penches comme ça et que tu le fais tourner, ça se défait. C'est une technique qu'il faut que tu perfectionnes.

— Je comprends, dis-je en observant attentivement.

Elle fait tourner l'appareil.

— Et ça sera plus facile si tu le fais sous cet angle. Je t'ai regardée faire. Tu apprends vite.

— J'avais l'impression d'être ridiculement lente.

— Ce n'est pas simple.

Elle repose son outil et me demande :

— Comment as-tu appris à te battre comme ça ?

Je me tourne vers elle.

— C'est ce que j'ai toujours fait, toute ma vie. J'ai ça dans le sang.

— Est-ce que... tu pourrais m'apprendre ? Je n'étais pas du tout préparée à ce scénario. Tout à l'heure.

Elle cligne des yeux avec force.

— Ça ne me plaît pas d'être comme ça, ajoute-t-elle dans un murmure, les mains tremblantes. Je ne m'étais pas sentie aussi désemparée depuis mon arrivée ici.

— Je peux essayer.

— Merci.

Elle soupire et se secoue les mains. Elle tape quelque chose dans une unité de communication et me la tend.

— Sers-toi de celle-ci. Je l'ai mise à jour avec des instructions plus claires.

Elle s'assoit et me regarde.

— J'ai été esclave domestique pendant très long-temps, mais je me souviens avoir été libre, quand j'étais petite. Je ne sais même pas sur quelle planète j'étais. Si c'est réel, ou un simple rêve. Mais il y avait un champ comme celui de tout à l'heure, et l'herbe était agitée par le vent.

Son regard se perd de nouveau au loin.

— Quelqu'un me tenait par la main.

— Qui ça ? demandé-je à voix basse.

Elle s'éclaircit la gorge.

— Je ne sais pas. Mais si je cherche trop, j'ai peur de me créer de faux souvenirs, alors je dois lâcher prise. Je ne sais pas si je verrai un jour de qui il s'agissait.

— Mais c'est un bon souvenir ?

Elle acquiesce.

— Le meilleur de tous. Et sur Zandia, je ressens la même chose que pendant ce moment, Mirelle. Je me sens en sécu-rité. Heureuse. J'ai l'impression que tout ira bien.

Je hoche la tête.

— J'ai envie de ressentir ça, moi aussi.

— Sauf face au *vipn*, reprend-elle en frémissant. Là-bas, je me suis sentie...

Elle secoue la tête.

— Tu nous as aidées tout de suite. Tu as pris le risque d'être blessée.

Je hausse les épaules.

— Ça aussi, je l'ai fait toute ma vie. Aider d'autres humains. C'est encore plus viscéral que le reste. Je crois que c'est dans ma chair. C'est une part de mon identité.

— Tu sais, vivre sur Zandia ne t'empêche pas de faire toutes ces choses, dit-elle avec un regard plus doux.

Je penche la tête sur le côté, et elle sourit.

— On va passer un marché. Tu m'apprends à me battre comme toi, et je t'apprendrai à réparer les unités de communication.

— Ça marche.

Je souris à mon tour. Je crois que je viens de me faire une véritable amie, pour la première fois de ma vie.

CHAPITRE DOUZE

L*anz*

— SUPERBE, dis-je en sifflant.

Domm hoche la tête, approbateur.

— Oui. Elle va être surprise.

— C'est le cas de le dire.

J'admire le vaisseau de Mirelle. Quand nous l'avons tracté jusqu'ici, ce n'était plus qu'un tas de tôle tordue, et le trou béant dans sa carcasse n'était que l'une de ses innombrables failles catastrophiques.

Au cours des derniers cycles lunaires, nous l'avons reconstruit. Nous avons bouché le trou, renforcé la coque. Ajouté un système de navigation plus perfectionné. Pas de mode furtif ni d'armes, bien entendu, mais au moins, cet appareil pourra voler, et même mieux qu'avant.

— Je pense toujours qu'on se fera massacrer si Seke l'apprend, dit Domm avec un sourire.

Je ris.

— On dira que c'était pour l'étudier.

— Ce n'est pas totalement faux, après tout, commente mon ami en passant la main sur la carlingue. La façon dont elle avait réglé le tableau de bord était parfaitement adaptée à la vision périphérique humaine, et Derk a déjà modifié nos configurations pour quand des humaines nous accompagnent en mission.

Je fais un pas en arrière pour admirer le petit appareil.

— Sans parler du pilotage manuel, dis-je. Nous n'en aurons sans doute jamais besoin, mais sa configuration était bien meilleure que la nôtre. On pourra mettre à jour le protocole à respecter en cas d'urgence.

— J'ai hâte de l'emmener faire son premier vol supervisé.

— Elle sera contente.

Je touche une rayure sur la coque.

— On devrait polir ça.

— Je crois qu'elle se sent prisonnière.

— C'est sûr, confirmé-je.

Le malaise que je ressens toujours en songeant à Mirelle refait surface. Malgré nos efforts pour apprivoiser la petite guerrière, malgré son aisance et sa chaleur en notre présence, elle n'est pas heureuse sur Zandia.

Pas encore.

~

Mirelle

Je suis deux personnes à la fois.

Il y a la Mirelle qui vit ici et se sent chez elle sur Zandia.

Qui remercie le destin de l'avoir envoyée ici, dans un endroit où elle peut s'épanouir, se détendre, aimer et bâtir un avenir agréable et bien rempli.

Et puis il y a la Mirelle qui fait semblant, qui accumule les données et les informations pour pouvoir s'enfuir. Pour tenir les promesses faites à son espèce et à elle-même, et se consacrer à nouveau à ses valeurs fondamentales.

Je me consacre à ces deux Mirelle radicalement différentes, les rendant fortes et puissantes.

Je devrai finir par en choisir une et laisser l'autre mourir, car je n'ai pas assez de place pour les deux. Et je suis terrifiée, car elles font partie de mon âme.

Mais le moment du choix n'est pas encore venu. J'ai le temps.

Ce soir, je serai la Mirelle heureuse, qui aime presque ses compagnons, et veut profiter du temps qu'elle passe avec eux.

Mirelle

— Tiens. Regarde un peu ça.

Je pousse l'unité de communication que j'ai réparée vers Kianna, un grand sourire aux lèvres. En la voyant hausser les sourcils, je bombe le torse.

— Mirelle. Sérieusement ?

Elle bondit sur ses pieds et tire son amie par le bras.

— Amber. Regarde. Douce Terre mère, elle a réussi. Tu as réussi, Mirelle.

— Une fois que tu m'as appris à refaire les circuits, ajuster les interrupteurs était l'étape logique.

— C'est du génie.

Elle baisse la voix et ajoute :

— Mykl va en tomber à la renverse.

— Peut-être même qu'il sourira, renchérit Amber.

Kianna éclate de rire.

— Oh, par les étoiles, ce serait une rotation à marquer d'une pierre blanche, hein ?

Elle jette un regard à travers le dôme, et je la vois rougir légèrement.

— Il faudrait plus qu'une avancée technologique pour le faire réagir, celui-là.

— Je croyais qu'il ne détestait que moi, dis-je en suivant son regard.

Apprendre qu'il se montre froid avec les autres humaines me donne l'impression d'avoir un lien avec elles. Je me sens moins seule.

— Oh, il ne nous déteste pas, précise-t-elle. C'est juste un Zandien à l'ancienne. Il ne montre pas ses émotions. Quand ils s'accouplent à des humaines, ils développent un peu leur côté sensible. Mais jusqu'à présent, il évite cela à tout prix.

Elle se mordille la lèvre.

— Mmm, dis-je.

— Qu'est-ce que ça veut dire, à ton avis ? me demande-t-elle, bras croisés, en coulant un regard à l'autre bout du dôme.

— Ça veut dire que j'en connais une qui veut un compagnon, chantonné-je.

— Chuuut ! Arrête ! Il entend à... Je ne sais pas. À des kilomètres à la ronde.

— Ça lui ferait peut-être plaisir.

— Ce qui lui ferait plaisir, c'est de voir ça, dit-elle en touchant mon unité de communication. Je n'arrive pas à croire que tu aies fait ça. C'est impressionnant.

— J'apprends vite. Je savais que j'y arriverais, si je m'y mettais sérieusement.

— Mais tu n'avais pas ce genre de technologie sur Jesel ?

Je secoue la tête.

— Non. C'est dommage. J'aurais pu...

Je soupire et touche le bracelet à mon poignet.

— Ça te fait mal ? me demande Kianna en tendant le doigt.

Lorsque je l'autorise à y toucher d'un signe de tête, elle effleure le métal.

— Non, réponds-je. Pas physiquement.

— Tes compagnons t'autorisent à l'enlever, parfois ?

— À la maison. La nuit.

Je rougis. Il arrive qu'ils ajoutent des menottes classiques et qu'ils m'attachent les bras et les jambes, avant de me donner du plaisir pendant des heures. Jusqu'à ce que nous soyons tous épuisés par la passion et l'extase. Ils me rendent accro. Cela rend mon mal du pays plus facile à supporter.

À l'autre bout du dôme, Mykl nous fait signe.

— Oh, le nouveau projet ! dit Amber avec enthousiasme. Allons-y.

Mais lorsque je me lève pour leur emboîter le pas, elle secoue la tête et me touche le bras avec douceur.

— Non, tu ne peux pas venir. Je suis désolée. C'est... top secret. Trop pour ton accréditation. C'est en rapport avec les nouveaux vaisseaux chasseurs.

— Ah. Je comprends. Je vais continuer de travailler... là-dessus.

Ma poitrine se serre tandis que je les regarde traverser la pièce, têtes baissées. Je meurs d'envie de plancher sur des technologies de pointe, moi aussi. Et question compétences, c'est moi qu'ils devraient choisir ! Je n'en suis pas à mes premières réparations. Je ne me trompais pas, quand je me vantais auprès de mes compagnons. J'ai effectivement réparé des erreurs et découvert des améliorations à apporter à l'unité de communication. Mais on ne me confie toujours pas d'informations confidentielles. Je vois bien que Mykl ne veut pas de moi dans les parages, malgré les améliorations que j'ai apportées à leurs systèmes. Il ne me fait pas confiance.

Je ne peux pas lui en vouloir, car je ne peux pas nier que j'attends toujours mon heure. Pour quoi faire, je l'ignore. Mais j'ai la bougeotte, je ne suis pas intégrée ici, et je brûle de m'emparer de quelque chose et de regagner Jesel, de retrouver ma mission. Ce n'est pas encore possible, mais chaque nouvelle liberté gagnée sur Zandia me rapproche de mon objectif.

CHAPITRE TREIZE

M*irelle*

— Toi. Suis-moi, m'ordonne Mykl dans un grognement.

À mes côtés, Kianna laisse échapper un son amusé, et je tente de ne pas rire.

Je pose mes outils et m'essuie les mains sur ma tunique.

— Où va-t-on ?

— Parler à Maître Seke.

— Quoi ?

J'ai l'estomac noué. Les autres humaines se taisent. Personne ne parle jamais à Seke, sauf quand le sujet est extrêmement sérieux. C'est le maître d'armes du roi, le plus haut gradé de toute l'armée.

— Pourquoi ?

— Tu vas bientôt le découvrir. Pas de questions inutiles.

Mykl jette un regard à Kianna et s'éclaircit la gorge avant d'ajouter :

— Toi. Assure-toi que le projet continue.

— Bien sûr, répond-elle avec un sourire attendrissant. Tout ce que tu voudras. Et j'ai bien dit *tout*.

Il prend une teinte violette un peu plus foncée, mais je ne pense qu'à la raison de ma convocation.

Lorsque nous quittons le dôme, je suis surprise et quelque peu terrifiée de voir mes deux compagnons et Maître Seke devant une navette.

— Mirelle.

— Maître Seke.

Je m'incline devant lui, incertaine quant au protocole à respecter.

— Je crois comprendre que vous apprenez à Kianna à se battre.

J'interroge mes compagnons du regard, mais ils se contentent de m'observer d'un air impassible.

— Oui, c'est vrai. Je ne savais pas que c'était interdit.

— Ce n'est pas interdit. Nous aimerions que vous formiez un groupe d'humaines.

— Oh. Oh !

Le soulagement me donne le tournis. Lanz et Domm affichent de grands sourires.

— Kianna nous a fait la démonstration de ses nouveaux talents. Nous souhaitons que vous entraîniez certaines de nos humaines. Et, euh...

Il s'interrompt un instant, puis poursuit :

— Et certains de nos mâles zandiens. Les plus jeunes pourraient tirer avantage de votre art martial, qui viendrait s'ajouter aux techniques habituelles de notre espèce.

Je fais un pas en avant.

— Sérieusement ? Est-ce qu'ils m'accepteront ?

— Ils obéissent aux ordres, comme vous, répond-il d'un ton ferme. Vous travaillerez de concert avec un Zandien pour mettre au point l'entraînement.

— Bien sûr.

Je jette un nouveau regard à Lanz et Domm, incapable de contenir un sourire ravi.

— J'en serai honorée.

— Vous travaillerez toujours au dôme, et vous donnerez trois cours par semaine. Vos compagnons vont vous montrer où, et ils vous fourniront le matériel nécessaire.

— Oui, Monsieur.

~

Mirelle

Les rotations planétaires s'écoulent dans un mélange de plaisir et de souffrance. Je suis folle de joie chaque fois que j'aide mes élèves à progresser. Voir mes recrues apprendre les coups de pied et de poing que je leur enseigne m'emplit de fierté, et je ne peux pas m'empêcher de me réjouir chaque fois que je créée quelque chose au dôme d'ingénierie.

Mykl me fait tant de compliments que c'en est presque gênant.

J'ai des amies. Amber et Kianna. Nous rions ensemble.

Et j'ai mes compagnons.

Mais il y a également mon secret, sombre et toxique, aussi empoisonné que du venin de *vipn*. Mon scanner caché. Mon obsession pour Jesel, que je suis toujours décidée à retrouver. La colère qui surgit parfois en moi, si vive et puissante que je pourrais presque tuer d'un regard, si j'exploitais cette émotion intense. Mon envie d'être libre, et mes sanglots quand je suis seule et que je frappe le mur avec mes poignets pour tenter de me libérer de ces maudits bracelets magnétiques. Un dispositif qui rappelle à tout le monde, y compris à moi-même, que je représente toujours un danger. Que je n'ai pas ma place ici, pas vraiment, bien que j'y sois coincée pour toujours.

Le fait que j'aimerais presque rester prisonnière ici, que je ne me sentirais même pas prisonnière, d'ailleurs, si seulement on me laissait retourner sur Jesel une fois. Rien qu'une fois.

Mais c'est peine perdue. Chaque fois que j'aborde le sujet, mes compagnons désespèrent un peu plus. Alors je n'en parle plus.

Et cela rend mon envie encore plus forte et plus tordue, jusqu'à ce que ma poitrine s'emplisse d'une rage cancéreuse prête à se frayer un chemin hors de mon corps, noire et hideuse, pour me tuer ainsi que tout ce qui m'entoure.

∾

Mirelle

— Certains êtres sont capables de communiquer sans dire un mot, dis-je en prenant la main de Lanz pour caresser ses doigts puissants.

Il hoche la tête.

— C'est le cas ici aussi. Tu savais que Danica et sa fille Marea en étaient capables ?

Vraiment ? Je fronce les sourcils.

— Mais elle est humaine.

— Son histoire est hors du commun. Elle a porté une

Akronienne, ce qui a modifié son propre ADN. Et ses compagnons zandiens ont continué de changer les choses.

— Je suis un peu jalouse.

— Je ne pense pas qu'elle ait un passé enviable.

— Pas de cette partie-là. De sa façon de communiquer. Imagine comme ça serait pratique sur le champ de bataille. Ou n'importe où, d'ailleurs.

Il hoche la tête.

— Moi, je pense que je peux lire dans ton corps, parfois, dit-il en riant. Comme quand tu es sur le point de jouir, par exemple. Tu fais ces petits bruits et tout ton corps se crispe.

Je le lèche dans le cou.

— Moi aussi, je sais quand tu es sur le point de jouir.

— On pourrait t'apprendre les signaux des guerriers zandiens.

— Qu'est-ce que c'est ?

Il me prend la main.

— Sois attentive.

Il me tapote la paume. Une tape brève, puis deux qui s'attardent sur ma peau.

— Court, long long. Ça veut dire attention, devant toi.

— D'accord.

Je reproduis son geste.

— Apprends-moi un autre code.

— Oh, je sais ce qu'il te faut.

Il me reprend la paume et tape dessus. Long court court court, long long long long.

— Et ça, c'est quoi ?

— Ça signifie que je veux te *vuter*.

Je plisse les yeux.

— Je vois. Et c'est un code dont vous vous servez souvent, sur le champ de bataille ?

Domm m'adresse un sourire coquin.

— C'est un peu comme une sorte de langue faite de signaux, une façon de crypter sans lettres. Tu peux utiliser des lumières pour communiquer. Ou tapoter, comme on le fait.

— Ce serait pratique, en cas de captivité.

— En effet.

Il me fait rouler sous son corps.

— Comme ça, par exemple, dit-il.

Il se penche sur moi et me donne des coups de langue dans le cou, répétant le code pour *je veux te* vuter.

— Comment est-ce que je réponds oui ?

— Tu peux juste écarter les jambes, répond-il avec un sourire en coin. C'est aussi simple que ça.

— Obsédé. Tu m'as très bien comprise.

Il lâche l'un de mes poignets pour me donner une claque sur la cuisse.

— C'est comme ça que tu parles à ton maître ?

— S'il est désagréable, bien sûr.

J'écarte les jambes, et dans un souffle, il glisse son membre en place.

— Si tu veux ça, dit-il en me donnant un léger coup de reins qui me fait gémir, tu ferais mieux d'être sage.

— Apprends-moi à taper *va te faire* vuter, et je me contracterai si fort sur ta queue que tes cornes exploseront.

Il laisse échapper un rire tonitruant.

— Oh, petite *vipn*, tu mérites une fessée.

— Apprends-moi d'abord le code.

Lorsqu'il penche la tête, je mords l'une de ses cornes.

Plus tard, alors que nous nous reposons, je reviens à la charge :

— Je veux apprendre tous les mots. Apprenez-moi.

Lanz me regarde d'un air hébété.

— Ça prend du temps.

— Du temps, on en a. Des tonnes.

— D'accord, on t'apprendra un nouveau mot tous les soirs. En échange, tu nous suceras.

— Tu sais bien que je vous sucerai quoi qu'il arrive. Alors sois gentil.

Il rit.

— Voilà une phrase qui te serait utile.

Il tape le code sur ma jambe.

— Qu'est-ce que ça veut dire ?

Il est plus compliqué que les précédents, et je dois le reproduire plusieurs fois pour m'en souvenir.

— C'est un code d'attaque ?

Il sourit.

— Ça signifie vipns *dans les parages, soyez prudents.*

Je me mords la lèvre.

— Oh. Je vois.

— Mais ça pourrait devenir un code d'attaque, si c'est ce que tu veux. Un code peut vouloir dire tout et n'importe quoi, du moment que l'on s'accorde sur le sens qu'on lui donne.

Je hoche la tête.

— Oui, j'imagine que tu as raison.

Il tape un code tellement long que je ne le retiens pas.

— Celui-là, qui veut dire *quand tu me vois bouger la main droite, attaque* pourrait simplement signifier que tu me plais.

— Heureusement que tu me le dis. Sinon, je serais obligée de surveiller mes arrières.

— Tant qu'on sera là, on le fera à ta place.

Et comme en cet instant, je suis la Mirelle heureuse qui compte rester ici éternellement, les larmes me montent aux yeux. Je presse sa main dans la mienne.

— Moi aussi, je le ferai. Je surveillerai vos arrières à tous les deux.

∽

Mirelle

— Appareil 7Yv23, autorisé à atterrir sur la piste X-3. Allez-y.

— Eh merde.

Sourcils froncés, je passe la main sur mon scanner secret. Ces derniers temps, il ne capte que des grésillements, et j'ai rarement le temps de l'écouter. Bien sûr, dès que j'ai un moment, je n'entends que des choses inutiles : principalement les tours de contrôle de planètes voisines, à seulement quelques centaines d'années-lumière.

Je change de réseau, avant de m'arrêter net.

— ... évitez la ceinture midrienne... Ocrétiens... préparent une attaque...

Je retiens mon souffle et affine les réglages dans l'espoir de capter plus clairement.

— Changez de trajectoire... direction de... les...

— Allez, grommelé-je. C'est le truc le plus intéressant que j'entends depuis des semaines. Ne me laisse pas tomber maintenant.

J'ignore pourquoi les pilotes de cet appareil utilisent une chaîne ouverte pour communiquer, mais je compte en tirer profit. J'appuie sur le bouton, et les voix reviennent.

— Il paraît que... près de Jesel...

Je me redresse, le cœur battant.

— Quoi ? demandé-je, comme s'il pouvait m'entendre.

Cet appareil capte les messages non masqués aux quatre coins de la galaxie, mais n'émet pas.

— ... raids... entends-je avant que la chaîne se remette à grésiller.

J'ai beau changer de fréquence, je ne capte plus rien, alors j'éteins l'appareil et le cache au fond de mon placard, sous mes vêtements. Mes compagnons n'ont jamais fouillé dans mes affaires, à ma connaissance. Parce qu'ils me font confiance, désormais.

Cette idée me rend malade, mais pas autant que mon sentiment d'impuissance, coincée ici, si loin de chez moi.

Il faut que je regagne Jesel.

CHAPITRE QUATORZE

L*anz*

Nous avons beau tout faire pour la divertir, Mirelle a le moral au plus bas, ces temps-ci, et elle manque d'énergie. Je la vois à la fenêtre, et je me renfrogne en apercevant son expression. Je me suis disputé avec Domm, car ni lui ni moi ne savons quoi faire. Nous avons fait la paix, ce qui est une bonne nouvelle. Je ne supporte pas d'être en conflit avec mon meilleur ami, mon frère.

— Pourquoi n'est-elle pas joyeuse ? On fait tellement de choses pour elle !

— Tu as déjà vu la Grande Ménagerie sur Liberty-3 ? me demande Domm à voix basse.

Je secoue la tête.

— J'en ai entendu parler. Pourquoi ? Quel est le rapport ?

— Là-bas, on peut admirer les créatures les plus exotiques de toute la galaxie. Il y a des animaux appelés tigres, qui font à peine la taille d'un *vipn*, mais qui sont tout aussi féroces. Ils ont des rayures noires et orange. Capables de tuer un être d'un coup de patte.

Je hausse les sourcils.

— J'en ai vu en hologrammes. Jamais en vrai.

Le regard tourné droit devant lui, Domm ajoute :

— Il y a aussi une créature appelée Mer'ax. Elle flotte dans les airs et change de couleur en fredonnant. C'est plus un champ de force qu'un être.

Je grogne.

— Où est-ce que tu veux en venir ?

— Quand on voit des hologrammes de ces bêtes dans leur habitat naturel, on voit à quel point elles sont majestueuses. Mais à la ménagerie ? Quand on les regarde dans les yeux, on voit la mort.

Une sensation de malaise me prend aux tripes.

Il montre Mirelle du doigt.

— Leurs regards n'ont plus l'étincelle qui les rendait uniques.

Nous la dévisageons, penchée mollement à la fenêtre.

Domm se racle la gorge.

— On croyait que ça allait être sympa, comme expérience. Au lieu de ça, je me sens plus criminel qu'elle.

Mirelle est immobile comme une statue. Sa poitrine se soulève à peine à chaque respiration. L'espace d'un instant, j'ai envie de la toucher, de m'assurer qu'elle n'est pas paralysée.

— Elle aime une partie du temps qu'elle passe avec nous, dis-je en songeant à la façon dont nous la faisons hurler de plaisir, encore et encore.

Mon ami hausse un sourcil.

— Est-ce suffisant ?

Je soupire.

— Tu as raison. Mais qu'est-ce qu'on peut faire ?

Je n'aime pas la note incertaine dans ma voix.

— Eh bien, on lui offre une plus grande liberté.

— On pourrait peut-être l'emmener piloter son vaisseau.

Nous échangeons un bref regard. Nous n'avons pas obtenu l'autorisation de nos supérieurs.

— Vraiment ? Toi qui suis le règlement à la lettre, tu suggères une chose pareille ?

Il se renfrogne.

— Je pense que...

Je lève la main pour éviter une autre dispute.

— Allez, on le fait.

— On pourra la surveiller en permanence. Pour s'assurer qu'elle ne... tente rien.

— Elle ne ferait pas ça. Pas à nous. Pas maintenant.

J'en suis presque sûr à cent pour cent.

~

Domm

— Ouvre les yeux.

J'ôte le bandeau noué derrière la tête de Mirelle.

Elle reste un instant sans voix, puis tout son corps s'anime.

— Mon vaisseau ! s'écrie-t-elle, un son qui vibre jusque dans mes os, et elle se rue vers l'appareil. Oh, douce Terre mère. Vous l'avez réparé ? Il est intact. Il est là. Comment est-ce que vous avez réussi une chose pareille ?

Elle pivote pour nous faire face, avant de retourner à son vaisseau et de caresser sa coque.

— Qu'est-ce que c'est ? Du métal renforcé ? Ah, c'est la nouvelle soie d'araignée en titane. Plus résistante que l'acier. Par les étoiles !

Elle sautille pour de bon.

— Et un nouveau transpondeur ? Ça a dû vous prendre une éternité.

Sa voix tremble alors qu'elle lève la main.

— La porte. Est-ce qu'elle pourra toujours...

Je la rejoins et touche son bracelet magnétique, avant de taper une suite de chiffres.

— C'est un code temporaire qui t'autorise l'accès, dis-je.

Elle se fige un instant, puis elle lève le bras et se rue sur les marches qui mènent à l'intérieur de l'appareil. Nous l'entendons s'extasier devant le tableau de bord.

— Il y a un système de dissimulation de niveau 1 pour que tu puisses au moins échapper aux pirates les moins bien équipés, explique Lanz. Il n'y a pas d'armes, mais le moteur est amélioré. Et le gyro est réparé.

— Je n'en crois pas mes yeux, dit-elle en passant délicatement les mains sur les surfaces, paupières closes. Vous avez fait ça pour moi ?

Soudain, elle se voûte.

— Mais je... Quand est-ce que j'aurai la permission de le piloter ?

Elle cligne des yeux à plusieurs reprises.

Je prends une inspiration.

— Eh bien, ce n'est pas très clair. Mais...

Je lève la main et hausse un sourcil.

— En attendant, tu peux le tester rapidement dans notre atmosphère, avec Domm et moi.

Elle s'assoit aussitôt aux commandes.

— Prenez place, guerriers.

Puis elle se tourne vers moi.

— La tour de contrôle a accepté ?

— Officiellement, c'est moi le pilote, répond Lanz en lui touchant l'épaule. Mais une fois dans les airs, on te laissera prendre le relais.

Elle lève les yeux au ciel.

— Comme un enfant qui apprend à jouer.

— Tu veux le piloter, oui ou non ?

Elle hoche la tête.

— Oui. Bien sûr.

Elle se lève et s'assoit dans le fauteuil du copilote, bien qu'elle semble tendue.

Lanz s'installe face au tableau de bord et appelle le centre de décollage pour obtenir la permission d'entrer dans notre espace aérien.

Mirelle fait un peu la tête, mais une fois au-dessus des nuages, elle n'arrive pas à contenir son exubérance. Lorsque Lanz lui offre son siège, elle se dépêche de s'y asseoir et prend le contrôle du tableau de bord, pianotant sur les boutons et les écrans.

— Je teste le système de dissimulation, annonce-t-elle. Vitesse maximum.

Elle nous fait décrire une série de loopings et de plongeons qui m'arrache un sifflement impressionné.

— Par les étoiles, Mirelle, où est-ce que tu as appris tout ça ?

— Je n'ai pas eu le choix, répond-elle en prenant un virage si serré qu'elle doit être magicienne. Quand on ne possède pas d'armes, on apprend à s'échapper.

La regarder faire est incroyable. Mirelle est presque un autre être, un être que je n'avais encore jamais vu. Son assurance et la grâce de ses mouvements... elle semble tout droit sortie d'un rêve. Ses yeux s'illuminent, et je sais qu'il s'agit d'une grande joie, car comme si nous pouvions douter de son humeur, elle s'exclame :

— Je suis trop heureuse !

Mirelle

Enfin, *enfin*, j'ai l'impression que les deux Mirelle ne font plus qu'une. Je suis avec mes compagnons, mais aussi à bord de mon vaisseau. Pendant tout ce temps, je sentais qu'ils me comprenaient probablement, mais ils refusaient de m'ôter mes bracelets magnétiques ou de discuter d'un retour à mon ancienne vie. Parfois, je craignais de me faire de faux espoirs. De choisir de croire qu'ils me comprenaient pour me faciliter la vie.

Mais non. Ils tiennent réellement à moi. Ils me connaissent. Ils me *voient.*

Le fait qu'ils aient réparé mon vaisseau est *tout* pour moi. Je suis submergée par des vagues de gratitude. Je ressens tellement d'affection envers mes compagnons que je suis à deux doigts d'avoir un orgasme. Je danse sur le chemin du retour, et je me retourne pour glisser les mains sous la tunique de Lanz et le traîner à l'intérieur de la maison.

Mes compagnons éclatent de rire, conscients que je m'apprête à leur montrer ma gratitude comme ils me l'ont appris.

Et plus encore.

Je m'agenouille au milieu du séjour et mords l'érection de Lanz à travers son pantalon de vol. Il grogne et referme le poing dans mes cheveux, créant de petits points de douleur le long de mon cuir chevelu. Comme toujours, cette douleur amplifie mon excitation. Mes compagnons m'ont bien formée. J'ai du mal à croire que toutes les humaines aiment ça, mais moi, ça me convient parfaitement.

Mon corps est mon arme. J'aime le mettre au défi, au lit comme sur le champ de bataille.

Je libère le membre de Lanz tandis que Domm se place derrière moi. Il ôte le fourreau de son épée et abat la ceinture sur mes fesses à plusieurs reprises pendant que je lèche le gland violet de Lanz. Une goutte de liquide préséminal arc-en-ciel s'en échappe, au goût sucré et citronné.

Lanz s'enfonce dans ma bouche en me maintenant par les cheveux, enchaînant les va-et-vient comme si j'étais une poupée à *vuter*.

Mon sexe se contracte et mes cuisses deviennent mouillées, car son plaisir m'excite.

Domm passe un doigt épais le long de mes replis, attisant mon désir. Je me cambre pour m'offrir à lui. Il me saisit par les hanches et colle son érection à mon entrée. Je gémis de nouveau pour l'encourager, un son qui doit faire du bien à Lanz, car il s'enfonce dans ma gorge.

J'ai un haut-le-cœur et mes yeux s'embuent, mais il se retire et me caresse tendrement la joue, me laissant faire quelques va-et-vient superficiels avant de plonger de nouveau en moi.

Domm me donne deux claques sur les fesses, puis me pénètre lentement, m'étirant avec son membre épais. Je m'accroche à Lanz pour ne pas perdre l'équilibre tandis que mon autre compagnon enchaîne les coups de reins profonds.

Le plaisir tourbillonne en moi, à la fois physique et émotionnel. Je suis pénétrée par deux mâles, je donne et je reçois, en pleine confiance pendant qu'ils dominent mon corps.

Domm va de plus en plus vite, et je ne parviens plus à garder un rythme régulier avec Lanz, qui me tient par les oreilles pour s'enfoncer dans ma bouche. Je creuse les joues et le suce avec force.

— Je vais jouir, annonce-t-il.

J'enfonce les ongles dans ses fesses et redouble d'efforts jusqu'à ce qu'il se répande dans ma gorge en grands jets chauds et iridescents.

Dès qu'il se retire, je pose mes mains sur le sol et écarte les genoux.

— C'est bien, petite guerrière, dit Domm. Prends-moi profondément.

Lanz s'accroupit pour jouer avec mes tétons, qu'il caresse et pince jusqu'à ce que je crie d'impatience.

— Jouis, Mirelle, me lance Domm.

Il me donne un violent coup de reins, puis deux, puis trois. Il jouit. Je jouis.

Mes hurlements de plaisirs couvrent son rugissement alors que nous frissonnons et nous contractons sous l'orgasme.

Puis je flotte, portée jusqu'au disque de sommeil par les deux hommes, qui m'allongent et me caressent, me complimentent jusqu'à ce que mes paupières se ferment et que je me mette à rêver que je vole.

CHAPITRE QUINZE

M*irelle*

JE SORS TOUT juste du tube de lavage quand mes bracelets se mettent à clignoter en bleu. Je souris, et tout mon corps s'éveille aussitôt, car je sais que mes compagnons sont en chemin. Ils ne doivent être qu'à quelques kilomètres de là, et dans quelques minutes à peine, ils pénétreront dans la maison.

— Bonne rotation planétaire ? me demande Domm en passant la porte avec Lanz.

Je me jette dans les bras de ce dernier, les jambes autour de sa taille. Il rit et titube en arrière.

— Oui !

J'ai tellement hâte de tout leur raconter que mes mots se succèdent à toute vitesse.

— J'ai amélioré les unités de communication, et Mykl a dit qu'elles captaient à une distance plus grande de vingt pour cent. Et l'entraînement s'est super bien passé. Les

Zandiens m'écoutent vraiment, désormais, et je leur ai appris mon coup de pied retourné. Tu sais, dis-je en mordant Lanz dans le cou. Celui qui t'a fait tomber, lors de notre rencontre.

— Aïe, grogne-t-il, mais il m'enlace et ses mains trouvent mes fesses. Tu m'as manqué. J'avais fait semblant de tomber.

— Mais bien sûr.

Je me penche sur lui et referme les lèvres sur l'une de ses cornes.

— Je vais t'obliger à admettre la vérité.

Il me fait glisser le long de son corps.

— Je veux bien admettre tout ce que tu veux. Mais laisse-moi faire ma toilette d'abord. Je suis sale.

— Ça me plaît.

Il gronde lorsque je le mords de nouveau dans le cou.

— Je sais bien, répond-il en me plaçant dans les bras de Domm. Occupe-la pendant que je me prépare, s'il te plaît. Elle est insatiable.

Mais son sourire et l'avidité dans ses yeux me disent qu'il est tout aussi impatient que moi.

À la nuit tombée, nous montons sur le toit de notre domicile, qui est équipé d'un banc-planeur, pour observer les étoiles.

Je me pelotonne entre eux, nos corps agréablement emboîtés.

— Tu peux nous dire ce que tu nous cachais, la fois où on a parlé des prédateurs sur Jesel ? demande Lanz en me pressant la main.

Étonnamment, les mots ne se coincent pas dans ma gorge, cette fois.

— Les mâles humains peuvent se montrer tout aussi cruels et agressifs que les Ocrétiens, réponds-je, les yeux tournés vers le ciel. Vous pouvez deviner ce qui se passe quand des hommes privés de sexe et entraînés à la violence par leurs anciens maîtres mettent la main sur une jeune femme.

Je prends une grande inspiration, les yeux brûlants.

— J'ai été... agressée. Il m'a fait tout ce qu'il voulait. Ça ne m'a pas plu. Ensuite, je suis devenue plus forte. Personne ne m'a plus jamais fait de mal.

— Je serais prêt à le tuer pour toi, gronde Lanz en me serrant la main si fort que son geste est douloureux.

— Je l'ai tué moi-même.

— Évidemment, dit Domm d'un ton fier.

J'hésite un instant.

— De toute façon, les seuls humains dangereux se trouvent sur Jesel. Avec des humaines. Et mon père.

Je retiens mon souffle. Je n'ai jamais confié à personne ce que cette planète représente à mes yeux. Je crois que j'ai peur. Car si je leur dis tout ce que j'ai sur le cœur et qu'ils continuent de me refuser d'y retourner, cela me tuera à nouveau.

Mes compagnons se figent.

～

Lanz

Son père se trouve sur Jesel. Sa famille. Pendant tout ce temps, nous craignions qu'elle retourne là-bas, qu'elle parte pour toujours, et cette information qu'elle nous cachait confirme que nous avions raison d'avoir peur.

Je ne peux pas la perdre. Je ne peux pas. Pas après avoir perdu tous ceux que je connaissais quand j'étais enfant.

— Vous vous souvenez de vos pères ? Ou de vos mères ? demande-t-elle à voix basse.

— Je me souviens à peine de mes parents, répond Domm avant moi. Comme nous étions enfants, Lane et moi avons été évacués de Zandia quand la planète a été attaquée par les Finns. Nous avons été élevés dans une capsule dans l'espace aérien ocrétien, par un petit groupe de Zandiens qui veillaient sur tous les petits.

— C'est sans doute pour ça qu'on est aussi proches, tous les deux, dis-je en nous montrant tour à tour du doigt, Domm et moi. On est frères de cœur. On peut choisir sa famille.

J'ai parlé un peu trop fort, comme si je tenais à ce qu'elle y croie. À ce qu'elle oublie sa véritable famille et reste avec nous.

C'est injuste. C'est mal. Et je sais que c'est égoïste de ma part de vouloir la garder ici, loin de son père. Mais je ne peux pas la laisser partir. Nous en sommes incapables.

— Il fait tellement noir, la nuit. J'ai l'impression de pouvoir toucher les étoiles, dit-elle.

Elle lève les mains, ses petits doigts pâles contre le ciel d'un noir d'encre. Puis la guerrière revient.

— Mais je les ai touchées. Nombre d'entre elles.

Elle se tourne vers moi.

— Quand est-ce que vous me laisserez voler à nouveau ? Ou m'emmènerez sur Jesel vous-même ?

J'ai l'impression d'avoir la poitrine pleine de pierres luttant chacune pour prendre le dessus. Mon désir de faire plaisir à ma compagne, de la rendre heureuse, lutte contre mon besoin égoïste de la garder. De la protéger.

Je détourne les yeux.

— Mirelle, ne parlons pas de ça.

— Quand ? insiste-t-elle.

Je me raidis.

— Le moment venu.

C'est nul, comme réponse, mais je n'en ai pas de meilleure. Si je connaissais un moyen de la contenter tout en étant sûr qu'elles nous revienne, je le ferais sans hésiter, et tant pis pour les ordres de mes supérieurs.

— Et ce sera quand ? demande-t-elle d'un ton frustré. Dans une semaine ? Un cycle solaire ? Dix ?

Elle lève ses poignets, toujours menottés.

— Quand est-ce que vous allez m'enlever ça ?

Je grimace.

— Quand tu auras prouvé que tu es des nôtres, répond Domm en lui caressant le cou. Quand on te fera confiance.

— Et c'est pour quand ?

Nous échangeons un regard. Nous en sommes toujours incapables. Elle tient à nous, oui. Elle aime coucher avec nous, et aller au travail, mais la guerrière remuante se cache toujours sous la surface.

Je sais que mon idée originelle, quand je nous imaginais partir en mission tous ensemble, aurait bien mieux fonctionné que nos tentatives pathétiques pour la dompter.

Je contre-attaque, comme le salaud que je suis :

— Tu peux me regarder dans les yeux et m'assurer que tu es à cent pour cent derrière Zandia ?

— Tu me demandes ça sans même m'informer de ce qui se passe chez moi ? réplique-t-elle en haussant les sourcils. La confiance, ce n'est pas à sens unique. Vous comprenez que j'ai un foyer très loin d'ici, avec des gens qui comptent à mes yeux ? Je ne sais même pas s'ils sont en vie. Vous ne pouvez pas me demander de me couper de cette part de mon âme et de me vouer pleinement à une autre planète. Ce n'est pas comme ça que ça marche.

Les pierres dans ma poitrine deviennent plus pesantes, mais je tente de raisonner Mirelle :

— Premièrement, nous ne communiquons pas régulièrement avec Jesel. Vous n'avez pas de station ou de protocoles. Et tu sais très bien à quel point il est difficile de s'y rendre. Ce n'est pas comme si on pouvait faire l'aller-retour une fois par rotation planétaire pour papoter avec les habitants.

Elle croise les bras et plante son regard dans le mien.

— Pas une fois par rotation planétaire. Une fois tout court. Vous prétendez tenir à moi. Si c'est vrai, en tant que compagnons, pourquoi ne m'aidez-vous pas ? C'est la seule chose que je vous ai demandée.

Je me détourne.

— On n'a pas le droit de se rendre dans cette zone à cause du risque de piraterie.

— Il est possible de contourner le problème.

— Nous restons loyaux envers notre roi, coupe Domm d'un ton sévère. Tu ne nous feras pas la leçon sur ce qui est approprié ou non.

— Je n'ai pas dit...

Elle soupire.

— Écoute. Tu adores cette planète. Imagine qu'on t'y arrache, sans t'informer de ce qu'il advient de... lui.

Elle me montre du doigt.

— Ou de ton roi. De... je ne sais pas. De moi, peut-être. Peu importe. Je ne compte pas tant que ça. Ce que je veux dire, c'est que tu serais curieux.

— Mirelle, dit-il d'une voix grave. Tu ne peux pas y retourner. Tu es accouplée à des Zandiens, désormais. Tu es ici chez toi.

— Je ne comprends pas pourquoi vous êtes aussi bouchés, s'exclame-t-elle en se frappant la paume du poing. Vous me questionnez sans arrêt sur mon passé. Où est la cohérence là-dedans ? Je suis censée vous raconter toute ma vie pour satisfaire votre curiosité, avant de tout oublier, ou de décider que désormais, je m'en fiche ?

— Pas du tout, dis-je en me mettant à faire les cent pas. Si on veut savoir tout ça, c'est parce que tu comptes pour nous. Et le Dr Daneth nous a dit que parler de ton passé pouvait t'aider à accepter ce qui t'arrive maintenant.

— Le Dr Daneth ne connaît rien aux humains, réplique-t-elle.

C'est vrai. Comment un Zandien pourrait-il comprendre ce que ça fait, d'être d'une autre espèce ?

Domm intervient d'une voix douce :

— Mirelle. La vie n'est ni facile ni parfaite. Elle nécessite des sacrifices. Construire, ou reconstruire une planète demande une dévotion totale. Quand tu as accepté de t'installer ici, tu t'es engagée à faire passer Zandia avant tout le reste.

Il hausse un sourcil.

— Je me trompe ?

Elle détourne les yeux, et nous connaissons tous la vérité. Elle n'a jamais vraiment accepté. Ne s'est jamais engagée. Elle a simplement répété ce que nous lui avons demandé de dire pour éviter d'être incarcérée.

Je tente la vérité, la seule chose que je puisse lui offrir :

— Mirelle, on ne veut pas te perdre. Si tu retournes sur Jesel, tu risques de mourir.

Elle s'assoit et regarde le ciel, où scintillent les étoiles.

Vutain.

Je pose une main sur sa cuisse.

— Où vont les êtres ? demande-t-elle, voûtée sur le banc.

— Comment ça ?

Domm est aussi dérouté que moi par ce changement de sujet brutal.

— Quand on... quand ils... meurent.

Elle garde les yeux fixés sur une étoile lointaine, plus brillante que les autres. Alpha-8. Le cœur de la constellation acrienne.

Je réponds :

— Ce n'est pas une chose à laquelle pensent les Zandiens. Nous nous concentrons sur la vie, pour qu'elle compte.

— Mais vous avez bien dû y réfléchir au moins une fois, insiste-t-elle, les yeux toujours braqués sur le ciel nocturne. Qu'est-ce que vous apprenez aux petits ?

— On ne leur... apprend rien du tout à ce sujet, dit Domm d'un ton curieux. Pourquoi ?

— Alors quand vous mourez, vous cessez juste d'exister ?

— Quand la vie prend fin, d'autres Zandiens la font persister.

— Vous croyez qu'on va ailleurs ?

— Où pourrait-on aller ?

Je lui touche le bras, désireux d'entrer dans sa jolie tête pour décrypter ses pensées.

— Pourquoi ces questions ?

— Certaines planètes, certaines espèces ont des... déités.

Domm hoche la tête.

— Oui, c'est vrai.

Elle touche son collier, celui qu'elle n'ôte jamais. Il a une signification, mais elle ne l'a pas partagée avec nous. Encore un secret.

— Pas les Zandiens ? s'enquiert-elle.

— Non. Nous révérons nos cristaux, qui représentent le

pouvoir de vie et l'énergie de la nature, mais c'est tout, expliqué-je.

— Eh bien, vous devriez peut-être vous en trouver, dit-elle en reniflant. Quand on perd quelqu'un qui compte plus que tout, comment pourrait-il simplement disparaître ?

— Qui as-tu perdu, petite guerrière ? demandé-je avec douceur.

Elle secoue la tête.

Je prends une inspiration. Elle est en quête de quelque chose, là. D'un sens à son existence. Je n'ai jamais été très philosophe, mais je tiens à lui donner une chose à laquelle s'accrocher.

— Tant que l'on se souvient d'eux, ils ne disparaissent jamais totalement. Leur message et leurs enseignements subsistent.

— Tu serais d'accord pour dire que sans ce souvenir, cette volonté qui nous pousse à avancer, la vie est dénuée de sens ? demande-t-elle.

— Je suppose, oui.

— Parce que pour perdurer en tant qu'espèce, en tant que Zandiens, vous avez besoin d'honorer votre passé et vous désirez faire progresser vos connaissances. Sans cela, vous seriez incapables de participer pleinement à votre société.

— Exactement, dit Domm.

Elle le regarde, les traits soudain pleins d'espoir.

— Alors pourquoi me refusez-vous cette chance ? Moi aussi, j'éprouve ce besoin. Ces informations et ces connaissances sur mon passé se trouvent sur Jesel. Si vous voulez que j'intègre réellement votre société, que j'y mette tout mon cœur, vous devez me laisser renouer avec mon passé.

Domm lui lâche la main et se frictionne le visage.

— Cette décision ne nous appartient pas. Elle va à l'encontre des ordres que nous avons reçus, et par extension, que tu as reçus.

Mirelle se lève d'un geste brusque, les poings serrés.

— Je vois.

Elle tourne les talons et regagne la maison, nous laissant seuls face à l'espace infini, son absence soudaine.

Je ferme les yeux, car je comprends que nous venons de tout gâcher.

Notre petite guerrière a besoin de partir.

Tôt ou tard, nous devrons la laisser faire.

CHAPITRE SEIZE

D*omm*

— Tu crois qu'on a tout gâché avec Mirelle, hier soir ?
demandé-je à Lanz.

Nous nous trouvons à bord de notre vaisseau, en chemin
pour Micron-3 afin de récupérer du matériel, un voyage sans
difficulté.

— Oui, répond mon ami, penché sur l'écran. Fais parti-
culièrement attention. Les pirates s'éloignent de leur territoire habituel.

Je fais les réglages nécessaires et reprends :

— *Vutain*, je l'emmènerais sur Jesel dès la rotation
planétaire suivante, si on le pouvait. Mais c'est trop
dangereux.

— Sans parler du fait que c'est très loin de la liste de
priorités que nous a données Maître Seke.

Lanz modifie notre trajectoire, avant de laisser le pilotage automatique prendre le relais. Nous partons en mission

sans Archer, désormais. Maître Seke a décrété que nous étions prêts à travailler seuls. Archer va former d'autres jeunes guerriers.

— C'est vrai, réponds-je. On ne peut pas savoir quand les choses se tasseront. Et même quand ce sera le cas, Jesel ne sera pas en haut de la pile de choses à faire.

— Mais si on insiste sur le fait qu'il y a des humaines, là-bas ? Tu crois que Maître Seke finira par nous laisser y aller ?

— Elles n'ont peut-être pas survécu. Et nous avons d'autres pistes bien plus près, des sources plus sûres à vérifier avant tout. Jesel est un cloaque depuis que les humains y ont trouvé refuge. Et désormais, ses environs sont extrêmement dangereux.

— Mirelle a du mal à accepter cette ambiguïté. Je m'attendais à ce qu'elle résiste mieux à cette épreuve.

Je réfléchis.

— Elle est très forte par d'autres aspects. Mais l'attachement émotionnel des humains est bien plus puissant que le nôtre.

Je commence presque à comprendre notre petite guerrière. L'idée de la perdre me donne la nausée, une sensation que je n'avais encore jamais éprouvée. Oui, je tiens à mes amis Zandiens. Je serais prêt à donner ma vie pour eux. C'est notre culture. Mais quand je pense à Mirelle, je ressens une émotion bien plus intense. Et cela me donne envie de lui donner la seule chose que je dois lui refuser, si je veux étouffer mon inquiétude. Un *vutain* de casse-tête.

— Elle se plaît de plus en plus sur Zandia. Elle se fait des amis et brille au travail. Encore un peu de temps, et nous pourrons demander à ce qu'elle devienne officiellement citoyenne.

Lanz ne semble pas totalement convaincu par ce qu'il

dit. Il sait aussi bien que moi que notre petite humaine nous cache des choses importantes.

— Pour ça, il faudrait déjà qu'on lui enlève ses bracelets magnétiques. Tu crois que c'est une bonne idée, là ?

Il hésite, et je secoue la tête.

— Moi non plus, dis-je sans attendre de réponse. Et si on est conscients qu'elle n'est pas pleinement dévouée à notre planète, le roi le comprendra immédiatement. Il n'est pas souverain pour rien.

— Je pense juste que… peut-être que… si nous lui donnons ce qu'elle désire, elle nous rendra la pareille.

Je ne suis pas sûr de savoir où je veux en venir. J'improvise.

— Elle voit Jesel comme la réponse à ses problèmes. Si on l'y emmène, elle constatera peut-être qu'elle s'est trompée. Et alors, elle pourra s'engager pour Zandia.

— Mais le roi Zander ne la laissera pas partir avant qu'elle ait fait ses preuves. Qu'elle ait prouvé qu'elle peut devenir l'une des nôtres, et qu'elle ne nous trahira pas à la première occasion.

Je me gratte la joue.

— C'est une situation impossible.

— Je ne peux pas prendre le risque qu'elle fasse une bêtise à cause de son obsession pour… peu importe.

Lanz secoue la tête et ajoute :

— Je ne peux pas la perdre. On ne peut pas la perdre.

Son ton est plein d'inquiétude.

— Je suis d'accord. Il va falloir qu'on mette les bouchées doubles au lit, dis-je avec un rire sans humour, car le sexe est notre stratégie depuis le début. Il faut qu'elle devienne accro au point de rentrer dans le rang.

Lanz garde le silence.

— On pourrait la punir plus souvent ? Plus fort ? suggère-t-il enfin.

— Non. Elle est trop coriace. Pour la punir vraiment, il faudrait lui faire mal, et nous n'en avons pas envie. En plus, ça briserait le peu de confiance qu'elle nous porte. Ça l'éloignerait pour de bon.

— Je sais bien. Je voulais parler des punitions qui lui plaisent.

Je souris.

— Ah, ça ! Oui, bien sûr. Elle aime qu'on la discipline.

— Et j'ai vraiment l'impression que ça la rend plus douce, plus docile.

Il me regarde.

— Tu ne trouves pas ? Enfin, pas parce qu'on la frappe jusqu'à ce qu'elle se soumette. Plutôt parce qu'on lui fait tellement de bien, qu'elle a envie de nous satisfaire en retour.

— Heureusement que notre idée du plaisir est aussi sauvage que la sienne.

J'ai une érection en songeant au plaisir que je prends en fessant ses fesses rebondies, en les faisant rougir. En pensant à ses halètements et ses tortillements alors qu'elle mouille sous mes coups.

— On l'y emmènera, une rotation planétaire ou une autre, promet Lanz. Dès que possible.

— Oui. Mais pas tout de suite.

∼

Mirelle

Depuis que Lanz et Domm m'ont laissée piloter mon vaisseau, un déclic s'est irrémédiablement produit dans mon esprit. Comme si l'interrupteur était resté bloqué sur ON. J'ai beau me sentir plus proche d'eux, comme si nous ne formions plus qu'une seule entité, je sens aussi Jesel m'appeler, dans mon sang, dans mes os.

Le moment est venu de faire un choix.

Je ne peux pas attendre un cycle solaire, ou deux, ou dix. Je dois m'y rendre maintenant. Aider mon peuple, s'il en a besoin. Trouver des réponses aux questions qui me hantent et m'empêchent de trouver ma place sur Zandia.

Je me penche en avant et regarde par la grande fenêtre, dans le vague. J'imagine mon plan de vol, le passage à travers la ceinture midrienne. Une fois, on m'a dit que les musiciens s'entraînaient à jouer de la harpe dans leur esprit, pinçant les cordes dans leur imagination, et que cela les aidait à s'améliorer dans la vraie vie.

Je dépasse la première ceinture d'astéroïdes, contournant les projectiles qui se dressent soudainement sur mon chemin. C'est comme éviter des gouttes de pluie, mais quand je me concentre, j'y arrive toujours. C'est comme je l'ai expliqué à mes compagnons : j'ai l'impression de les sentir arriver avant même de les voir. Je sais bien que je ne possède pas de pouvoirs, que mon esprit anticipe simplement les trajectoires à partir de mouvements subtils, mais quand cela arrive, c'est magique.

La porte s'ouvre à la volée, et je sursaute. La culpabilité me fait rougir, mais mes compagnons ne semblent pas remarquer la déception qui m'enveloppe comme une seconde peau. Comment est-il possible que mon visage ne se couvre pas de vilaines lésions, que mes yeux ne laissent pas échapper le poison qui m'emplit l'esprit ?

Domm a le visage fermé, l'air inquiet.

— Qu'est-ce qu'il y a ? demandé-je en me levant pour le rejoindre et poser les mains sur son torse. Tu n'as jamais l'air aussi soucieux, quand tu rentres. Dis-moi tout, et j'irai tuer ceux qui t'embêtent.

Il sourit à peine. D'habitude, lorsque je menace de le protéger, il plante son regard dans le mien et m'embrasse dans le cou. Il rit et me dit que c'est lui qui a le droit de proférer des menaces, et il me raconte ce qu'il compte me faire au lit.

— Ce n'est rien, dit-il.

Il repousse mes mains. Son geste n'est pas désagréable, mais il est efficace. Il pose son sac de vol par terre et se passe les mains dans les cheveux.

— Je vais me laver.

Il se rend dans le tube de lavage, et à ma grande surprise, je l'entends pousser plusieurs jurons malgré le bruit de l'eau qui coule.

Quand Lanz arrive avec le même air renfrogné, je croise les bras.

— Raconte-moi.

— Il n'y a rien à raconter. C'était juste une longue rotation planétaire. La routine.

Il évite mon regard tandis qu'il s'assoit dans un fauteuil pour ôter ses bottes.

— Vraiment ?

Je me glisse derrière lui et passe les bras autour de ses épaules, penchée pour lécher une de ses cornes.

Il se dégage.

— Pas maintenant, Mirelle.

Aïe. Je recule et tente de ne pas montrer qu'il m'a blessée.

Il se lève et me fait face.

— Je suis désolé. C'est juste que...

Il secoue la tête.

— On va devoir partir en mission pendant plusieurs rotations planétaires.

— Où ça ? m'enquiers-je le cœur battant.

— Je ne peux pas te le dire.

Je me renfrogne. La colère m'envahit, mêlée à mon inquiétude.

— À cause de mon statut ? J'en ai ras-le-bol qu'on me cache des choses.

Il secoue la tête.

— C'est top secret.

— Mais d'autres personnes sont au courant ?

Domm sort du tube de lavage. Il sent le propre, mais il est toujours sur la réserve.

— On sera hors du périmètre de communication avec Zandia, en plus.

Je déglutis. C'est nouveau.

— Oh. Je vois.

Il me rejoint et prend mes deux mains dans les siennes.

— Ça ira, en notre absence ?

— Je suis capable de me débrouiller.

Je chasse mon envie de lui envoyer une réplique bien sentie, car ma peur se mêle à mon irritation. Une peur glaciale, âcre.

— C'est dangereux ?

— Pas plus que d'habitude, répond-il, mais sans me regarder dans les yeux.

— Soyez prudents.

Je serre sa main avec force. À dire vrai, dès qu'ils partent en mission, une part de moi vit dans les limbes jusqu'à leur retour à mes côtés, en sécurité dans mes bras. C'est une émotion terrible et merveilleuse à la fois. J'ignore à quel moment ils se sont mis à compter pour moi au point d'occuper la plus grande partie de mon cœur.

Avant, c'était ma sœur qui avait cette place, ainsi que mon père et les humains de Jesel.

Jesel. Je prends une inspiration.

— On te reviendra, n'aie crainte, petite *vipn.*

Le ton de Domm est jovial, à présent, et bien qu'il semble un peu forcé, je suis soulagée qu'il parvienne à rire.

— Vous avez intérêt. Ça m'embêterait d'avoir à trouver deux nouveaux compagnons à *vuter* tous les soirs.

Les deux hommes grognent, et je pousse un cri aigu lorsque Domm me jette sur son épaule.

— C'est ce genre de commentaires qui m'encouragent à sortir ma ceinture, dit-il en me portant dans la chambre à grands pas.

Il me jette sur le disque de sommeil. Je roule sur le ventre et prends une pose provocante.

— Et quel genre de commentaires t'encourageraient à sortir ta langue ? Ça marcherait, si je parlais de ta grosse queue zandienne et de ce que je compte lui faire avec ma bouche ?

Il me sourit.

— Ce serait un bon début.

— Si vous me libériez, dis-je en levant les mains, je pourrais venir avec vous. Me battre à vos côtés. Vous aider.

Je ne sais pas pourquoi je dis ça maintenant, mis à part que ce besoin que j'ai déborde tout autant que mon envie de coucher avec mes compagnons.

Ses traits deviennent durs.

— Mirelle.

Je les regarde tour à tour.

— *Maîtres.* Ça ne changera donc jamais ?

— Non, répond Domm d'un ton cinglant, avant de secouer la tête. Enfin, si. Mais pas avant que tu te sois décidée à t'intégrer ici.

Je sais qu'il est à cran à cause de leur mission, mais ma propre colère surgit, et je la laisse me consumer.

— Si on me laissait un peu de liberté, je l'envisagerais peut-être, répliqué-je, parlant avec le cœur. Il faut vraiment que vous soyez idiots pour croire que l'on peut prendre un être doué de raison et le réduire en esclavage, lui faire oublier son passé. Votre société ne prospérera jamais. Zandia ne retrouvera jamais sa gloire passée, si vous restez aussi bornés.

Je frappe mes bracelets magnétiques l'un contre l'autre.

— Enlevez-moi ça. Je veux être libre.

Les larmes me montent aux yeux et roulent sur mes joues. Je déteste être tiraillée entre les deux Mirelle. Celle qui aime ces Zandiens, et celle qui veut regagner Jesel. Je déteste cette lutte intérieure. Et oui, je déteste le fait qu'ils aggravent le problème au lieu de le régler.

— Je vous déteste !

Ils restent plantés là, comme deux statues, leur teint plus orangé que violet, comme s'ils étaient exsangues.

Je regrette immédiatement mes propos. Je ne les déteste pas. Ils sont tout ce que j'ai, ici, mais je ne sais pas comment arranger les choses.

Lanz se détourne.

— Il faut qu'on y aille.

Sans un regard pour moi, Domm déclare d'un ton raide :

— À notre retour, nous demanderons au roi de dissoudre cette union. Sur Zandia, aucune humaine n'est liée à des maîtres dont elle ne veut pas.

Ses mots me font l'effet d'une gifle. J'ai le souffle coupé, incapable de répondre, de lui dire que ce n'est pas eux que je rejette. Il est trop tard.

La porte se ferme, un point final à la conversation, et je fonds en sanglots.

CHAPITRE DIX-SEPT

M *irelle*

LA CAPITALE EST SILENCIEUSE, ses dômes plongés dans l'obscurité. Mes bracelets magnétiques clignotent en vert alors que je pénètre dans le hangar où se trouve mon vaisseau. Je m'y faufile sans me faire remarquer, bien entendu. Déjà, personne ne s'attend à une intrusion. Et en plus, je suis toujours douée dans ce domaine. Experte, même. Domm et Lanz n'ont jamais désactivé le code temporaire m'autorisant l'accès au hangar.

Tous mes sens sont en alerte, et je déborde d'adrénaline.

Le code temporaire pour accéder à mon vaisseau fonctionne toujours, lui aussi, et au cours des cycles lunaires que j'ai passés ici, je me suis montrée attentive. Je sais précisément comment quitter ce hangar pour atteindre l'espace. Et je sais qu'il n'y aura qu'un seul Zandien dans la tour de contrôle cette nuit.

Je m'assois dans le fauteuil de pilotage et chasse mes

regrets, mon chagrin à l'idée de partir. Zandia n'a jamais été chez moi. Et j'ai beau tenir à mes compagnons, il faut que je rentre sur Jesel. Cela me démange tellement que j'aurais fini par me gratter la peau à vif. C'est le seul moyen. De toute façon, comme Domm et Lanz sont prêts à dissoudre notre lien, je n'ai pas d'alternative.

Toucher les commandes me fait l'effet d'une drogue, et je soupire. Je me sens vivante, et mes soucis s'envolent alors que je me concentre sur le décollage. La tour de contrôle m'envoie un avertissement, et bien vite, je suis loin, dans l'espace.

Je ne pense pas qu'ils se lanceront à ma poursuite, du moins pas tout de suite. Domm et Lanz ne m'ont rien dit, mais Kianna m'a révélé que tout le monde était mis à contribution pour mettre la main sur un vaisseau ocrétien. Ils comptent le démonter pour analyser le nouveau mode furtif de leurs ennemis, pour éviter que ceux-ci aient l'avantage dans leur espace aérien. Avant, Zandia entretenait d'excellentes relations diplomatiques avec les Ocrétiens, mais depuis qu'ils ont reconquis leur planète, leurs anciens alliés se sentent menacés. Et la piraterie est toujours vivace dans la galaxie.

Le roi ne perdrait pas son temps à me courir après. Je crois. J'espère. Pas maintenant, pas avec tous ses vaisseaux de guerre en pleine mission critique.

Plus le temps passe sans qu'aucun message n'apparaisse sur mon écran, plus je me détends. Mon vaisseau n'est pas en mesure de repérer les leurs, avec leur mode furtif, alors ils pourraient m'aborder d'un instant à l'autre. Mais personne n'intervient. Je suis libre.

C'est enivrant.

Je me sens seule.

J'ai pris l'habitude de faire les choses en équipe. Pas

seulement à la maison, avec Lanz et Domm, mais également au travail, avec Kianna et Amber. Me retrouver seule, même si je suis contente d'être maîtresse de mon destin, me semble un peu triste.

Pas le temps de m'appesantir sur le sujet. J'ai besoin de tous mes sens pour traverser la ceinture d'astéroïdes qui se dressera bientôt sur mon chemin, et pour éviter les zones où se trouvent les pirates. J'étais tellement douée, avant. Douce Terre mère, j'espère ne pas avoir perdu la main.

Mes yeux sont secs et mon corps courbaturé, mais la voilà : Jesel grandit sur mon écran, vert et marron. Je retiens mon souffle alors que j'ajuste mes instruments et tape les coordonnées d'atterrissage de mémoire. Je choisis une zone de terre brûlée par le soleil près du campement de mon père.

Cette fois, les astéroïdes qui entourent la planète sont plus denses que d'habitude ; des courants cosmiques doivent pousser davantage de débris dans cette zone, et mes instruments ont du mal à suivre.

J'ai dit à Domm et Lanz que j'anticipais les obstacles, et c'est la vérité, mais ils sont trop nombreux. Mon vaisseau n'a pas la place de se faufiler alors qu'ils tourbillonnent dans leurs orbites complexes.

— *Vutain*, soufflé-je dans ma barbe.

J'ai appris plusieurs choses sur Zandia, et les jurons en font partie. Je ne possède toujours pas de don d'ubiquité, cependant, et mon appareil est frappé par une pluie de roche.

J'entends le sifflement insidieux d'une fissure dans la coque.

— *Vutain, vutain, vutain*, chuchoté-je comme un mantra.

Mes doigts volent sur le tableau de bord. J'aurai tout juste le temps d'atteindre Jesel avant de manquer d'oxygène. Même cette coque améliorée n'était pas en état de résister à ces pierres acérées.

Horrifiée, j'entends un autre choc. Mon vaisseau subit une secousse. C'était le train d'atterrissage. J'arrive à peine à rejoindre la surface. Mon vaisseau percute violemment le sol, et des alarmes retentissent comme des hurlements, une symphonie de pièces cassées. Tous les voyants se mettent à clignoter sur mon tableau de bord alors que l'escalier se déplie dans un souffle.

~

Mes jambes sont prises de crampes lorsque je me lève, mais quand j'ouvre le sas et me tiens au sommet des marches, l'odeur de la terre brûlée et des buissons pakka me parvient, mêlée à celle d'essence et de métal chaud de mon vaisseau. Mes yeux s'embuent. J'ai tellement hâte d'arriver chez mon père que je fonds presque en larmes, mais je prends le temps d'observer les alentours, à l'affût. Je dois vérifier qu'aucun humain venu du camp de Kaffa ne rôde. Qu'il n'y a pas la moindre menace.

Mon appareil grince et fume, avant de s'affaisser dans un bruit de titane froissé. Mon cœur se brise avec lui, mais je pense avant tout aux humains de Jesel. Car après toutes ces aventures, je suis de retour.

Une fois sûre que la voie est libre, je traverse la vaste

étendue de terre en courant. Mon père sort déjà de sa hutte, un air surpris au visage. Lorsqu'il me reconnaît, il écarquille les yeux et se fige. On dirait qu'il a vu un fantôme.

— Papa, dis-je d'une voix tremblante.

Je me jette dans ses bras et le serre contre moi. Quand est-il devenu si petit et ridé ? Il est tellement vieux.

— Mirelle.

J'entends les larmes dans sa voix et je sens ses bras puissants m'enlacer, malgré son apparence frêle. Il a la même odeur qu'avant, l'odeur de la maison.

La tête sur son épaule, le visage enfoui dans son tee-shirt, je l'étreins avec force, incapable de le lâcher.

— Papa. Tu m'as tellement manqué.

Je recule pour le regarder, voir les rides autour de ses yeux. La peau de ses mains est parcheminée, et des taches de vieillesse parsèment ses avant-bras. Je le serre de nouveau contre moi, comme pour transférer ma vitalité dans son corps, son âme, lui donner mon énergie.

— Je ne pensais pas te revoir dans cette vie, dit-il en me touchant le visage. Ma fille. Tu es là.

Il jette un regard à mon vaisseau.

— Il a changé ! Comment ça se fait ?

Il marque une pause.

— Tu as subi des dégâts. Tout va bien ?

Il me touche les épaules, le visage.

— Tu es blessée ?

Je secoue la tête.

— Non. Je vais tout te raconter. Tout va bien ?

Je regarde autour de moi. Quelque chose cloche. Je ne peux pas garder cette impression pour moi.

— Toi, tu vas bien ?

Je le regarde avec le même émerveillement qu'il exprime face à moi.

— Papa. Tu es là. Je suis là.

C'est fou, incroyable, que nous nous retrouvions face à face. Malgré les périls de l'univers, les obstacles sur le chemin, nous y voici. Je ne sais pas si c'est réel ou si je suis en train de rêver.

Il me serre le bras.

— Je suis là, ma fille, dit-il avec des yeux tristes. Où étais-tu passée ?

— Je vais tout te raconter. C'est une très longue histoire.

Je le suis à l'intérieur de notre maison, émue par l'odeur des lieux, un mélange de viande de karka brûlée, de poussière et de linge sale ; l'odeur de mon enfance. Je vois presque Iselle penchée sur la table en bois brut, en train de se mordre la lèvre, un crayon à la main. Occupée à apprendre à crypter dans une autre langue.

Tout m'est familier, et pourtant étranger. Je reviens en personne changée.

La hutte, les meubles sont si spartiates. J'ai grandi dans une misère abjecte, sans jamais m'en rendre compte.

En un instant, le temps écoulé s'abat sur moi, et je me sens épuisée. Je suis revenue. J'ai échappé à Zandia, j'ai traversé une galaxie dangereuse à bord d'un vaisseau aussi fragile que du papier, et je suis là. Pourtant, je ne me sens plus à ma place.

Mon père me donne de l'eau. Il a préparé un ragoût ; celui que nous mangeons toujours. Le temps me submerge comme une vague, m'enveloppe dans mon passé et fait tourbillonner une série de souvenirs sous mes yeux. Mon esprit n'arrive pas à suivre, et je cligne des yeux, une main sur le front.

Toujours aussi attentionné, mon père fronce les sourcils.

— On peut discuter plus tard. Tu veux te reposer ? Ta chambre est toujours là.

Il me montre un rideau de séparation. Mon lit, mes vieilles affaires. Je suis dépassée par les événements.

Toutes les cellules de mon corps ont envie de hurler. Retrouver mon ancienne chambre, mon ancien lit alors que j'ai vécu avec des compagnons me paraît anormal. J'avais un foyer d'adulte. Une famille, en quelque sorte. Je m'attendais à ce qu'ils me manquent, mais c'est seulement maintenant que l'émotion s'empare de moi. Et cela me fait mal au cœur.

Je suis chamboulée. Je souris à mon père.

— Tout a été si bizarre, dis-je.

Il patiente.

— J'étais en train de sauver deux femmes quand on m'a attaquée, capturée. Emmenée sur Zandia.

Il retient son souffle, le regard inquiet.

Je choisis mes mots avec prudence :

— On m'a attribué deux compagnons zandiens.

Je me dépêche d'ajouter :

— Ce n'était pas si terrible.

Vu l'expression de mon père, je vois bien qu'il a des doutes.

— Ils n'étaient pas méchants. En fait, ils étaient même... très... arrangeants.

Je rougis violemment. Arrangeants, ouais.

Mais soudain, les larmes me montent aux yeux alors que je me souviens de notre séparation, de la dernière chose que je leur ai dite.

C'était complètement faux ; je ne les déteste pas. Je les aime. Mais l'amour ne suffit pas tout le temps, quand on a des promesses à tenir. Et quand les autres ne vous aiment plus.

— La vie là-bas est différente de ce que j'avais imaginé, enchaîné-je. Leur société est très avancée, et ils sauvent les humains. Enfin, surtout les humaines.

Mon père fronce les sourcils.

— J'ai appris des choses sur les Zandiens, dit-il. Ce que j'ai découvert est très instructif.

— Papa, si tu voyais ce que les humaines inventent là-bas ! Des médicaments. Des armes. Des objets artisanaux. Et leurs outils ! On dirait qu'ils sont capables de créer n'importe quoi.

Je repense à mon atelier de travail, et mes doigts me démangent.

— J'étais capable de choses dont je pouvais seulement rêver, auparavant. Mais je suis de retour. Je peux poursuivre notre œuvre, papa. Les sauvetages. Nos projets d'avenir.

Je reprends mon souffle. Étonnamment, je ne ressens pas un grand enthousiasme pour cette tâche. J'éprouve plutôt une peur existentielle, quelque chose d'inédit.

— Nos projets d'avenir, répète-t-il d'une voix songeuse. Oui.

— Qu'est-ce que tu as fait en mon absence ?

Je regarde autour de moi. Rien ne semble avoir changé, par ici. Sauf que tout est plus calme.

— Où sont les autres ?

D'habitude, il y a toujours au moins trois ou quatre humains dans les parages. Le silence est troublant.

— En temps normal, tout le monde est rassemblé dans ta hutte pour discuter, à cette heure-ci. Non ?

Je suis prise d'un malaise, et une sensation glacée me remonte le long de l'échine. Mon père secoue la tête.

— Papa ? Raconte-moi.

Il soupire.

— La bande du nord nous a encore attaqués.

— Et Mandy ? Et Tess ? Elles vont bien ?

Je me penche vers lui.

— Papa !

Il évite mon regard.

— Mirelle, on a fait de notre mieux. Je suis vraiment navré.

Je le secoue par le bras.

— Papa, est-ce qu'elles sont... Que s'est-il passé ? Dis-moi.

Il me prend par la main.

— Elles ont été enlevées.

— Non !

Je me lève et examine la pièce.

— Il faut qu'on aille les sauver.

— Impossible. Ils ont détruit nos fortifications. Volé nos armes. Reconstruire prendra du temps, en admettant que ce soit possible. Je n'ai plus aucun vaisseau fonctionnel.

— Je peux réparer...

Mais non, je ne peux pas. Mes outils se trouvent sur Zandia. Mon estomac se serre.

— Je l'ai déjà fait. Je peux recommencer.

Mais je suis lasse. Rien que d'imaginer les efforts qu'il faudra fournir pour attaquer la bande du nord me rend malade, abattue. Je n'ai pas envie de penser aux missions périlleuses que je devrai effectuer à bord d'un vaisseau mal conçu et délabré, jouant ma survie à pile ou face à chaque voyage.

— Pourquoi les humains se battent-ils entre eux ? Ils ne comprennent donc pas que ça nous affaiblit ?

Je me rassois et enfouis la tête entre mes bras croisés.

J'ai demandé à revenir ici. Je l'ai exigé. Je suis passée en force. Et maintenant que je suis là, j'ai l'impression d'avoir fait une erreur monumentale.

Je me languis de Zandia et de mes compagnons de tout mon être. Quelle ironie ! Quand j'y étais, je voulais revenir ici. Et à présent que je suis là, je veux repartir.

— Garrett n'a jamais été du genre raisonnable, dit mon père d'un ton ferme. Il ne le sera jamais. Le désespoir et la faiblesse transforment les êtres en des copies tordues de ce qu'ils étaient. Il ne changera pas.

La bile me monte à la gorge. Malgré ma fatigue, mon sens du devoir prend le dessus.

— Je ne veux pas être obligée de le tuer. Mais je le ferai. Qu'est-ce qu'ils leur font ?

Je parle de Tess et Mandy, bien sûr.

— Tu dois t'en douter, répond mon père.

Je sais effectivement ce que Garrett et ses hommes font aux femmes qu'ils capturent, et je suis prise de nausées. Je me précipite dehors pour vider le contenu de mon estomac sur les feuilles brûlées par le soleil des buissons hérissés qui poussent ici.

Je m'essuie la bouche du dos de la main.

— Elles sont toujours en vie ?

Il secoue la tête.

— Sans doute, mais...

— Bon, Daniel, toi, moi et les autres, on peut...

— Daniel est mort. Tué par Garrett.

Je m'assois sur la chaise rugueuse et me prends la tête dans les mains.

— Douce Terre mère.

— Quant aux autres hommes, les types bien, de notre camp, on les a envoyés sur Fi. À bord de notre dernier appareil assez solide pour l'espace.

— Envoyés sur Fi ? répété-je en riant, incrédule. C'est quoi, Fi ? Et pourquoi ?

— Fi est une planète où les hommes humains peuvent avoir une nouvelle vie.

— Mais pas les femmes ? Je ne comprends pas.

J'ai le tournis. Mon père s'éclaircit la gorge.

— Je vais te dire quelque chose. Ça sera long, mais je veux que tu m'écoutes. D'accord ?

J'acquiesce, malgré mon mal de tête.

— Je vais essayer.

Je ne suis pas sûre d'être en mesure de comprendre quoi que ce soit, là.

— À chaque rotation planétaire où tu ne revenais pas, j'ai pleuré ta perte, dit-il à voix basse. Mais je me suis également réjoui, Mirelle. Parce que j'avais besoin de croire que tu étais en sécurité, à accomplir des miracles. Dans un endroit meilleur que celui-ci. Avec un bel avenir devant toi.

Je reste sans voix.

— Pendant des années, j'ai cru que cet endroit était le meilleur moyen d'aider notre espèce, poursuit-il en montrant l'espace qui nous entoure. De persévérer. De nous protéger. De bâtir un nouvel avenir. Mais à présent...

— À présent ? répété-je, la voix rauque d'émotion.

— Ça ne marche pas.

— Je veux que les humains soient libres. Notre espèce le mérite, dis-je en serrant le poing.

— Quand on s'est installés sur Jesel, ta mère et moi, après avoir échappé aux esclavagistes ocrétiens, on rêvait d'un endroit où accueillir des humains. D'une planète à peupler. D'une société à bâtir.

Je hoche la tête.

— Je sais. Parce que l'histoire humaine est belle et puissante. Il faut la préserver pour l'avenir de l'univers.

— Depuis des siècles, notre esprit est fort, mais nos corps sont faibles, comparés à ceux des autres êtres de la galaxie. Et notre tempérament, en tant qu'espèce, est... complexe.

Mon père toussote.

— Si les humains ont eu autant d'ennuis, au départ, s'ils

ont perdu leur hégémonie, c'est à cause de la cupidité et des querelles internes.

— Mais on est forts et dégourdis. Comme de la colle. On comble les brèches. On brise des choses, mais on les répare, insisté-je. C'est notre bon côté. On se relève, on continue d'avancer. C'est ce que tu m'as appris.

Il lève un doigt.

— Oui, c'est vrai. Et c'est ainsi qu'on avancera.

— Comment ça ?

Il tousse à nouveau, et cette fois, il se couvre la bouche avec un mouchoir en tissu. Lorsqu'il l'éloigne de ses lèvres, il est taché de sang. Les sourcils froncés, je tente de le regarder de plus près, mais mon père m'interrompt :

— Seuls, les humains s'entre-tuent. Mais mêlés à une autre espèce, ils la renforcent.

— Alors tu veux dire que notre but doit être de combiner nos gènes à ceux d'autres êtres ?

Il hausse les épaules.

— Peut-être. Oui. Regarde ce que vous avez accompli sur Zandia. Seuls, les Zandiens étaient trop tournés vers la guerre, ils manquaient d'émotion.

— Attends. Comment tu sais tout ça ? Et qu'est-ce que tu veux dire par « ce que vous avez accompli » ?

— Vous, c'est à dire les humaines.

— Je ne... Que sais-tu de ce qu'on a accompli là-bas ? Je viens de rentrer, et je ne t'ai pas encore raconté grand-chose.

Je suis déroutée.

— J'ai passé ma vie à tenter d'en apprendre plus sur l'univers.

Il pose son mouchoir et se penche pour ramasser un appareil électronique sur une étagère, sans jamais me lâcher la main. Il me tend un vieux scanner.

— Grâce à ça, j'ai appris pas mal de choses sur la galaxie.

— Sur Zandia, on a... commencé-je, sur le point de lui parler des nouveaux scanners. Pardon. Tu disais ?

Il tapote l'appareil du doigt.

— J'ai appris des choses. Je m'imprègne de tout ce que je peux. Je découvre des choses sur les galaxies et sur les êtres qui les peuplent. J'essaye de déterminer ce que je dois faire.

Je hausse un sourcil.

— Et ?

— Il s'avère que j'ai découvert les changements qui ont eu lieu sur Zandia au cours du dernier cycle solaire, depuis leur victoire sur les Finns. Je sais qu'ils sont devenus plus forts, plus résistants, plus flexibles. Je pense que c'est grâce à l'influence humaine.

Mon cœur commence à devenir plus léger, et il déploie ses ailes.

— Je crois que tu as raison, dis-je. Tu n'imagines même pas à quel point ! Par exemple, quand Domm...

Je m'interromps. Mon sourire s'efface, mes entrailles se nouent. Domm n'est plus à moi ; Lanz non plus. Ils ne le seront plus jamais. Et il faut que j'écoute mon père, car il souhaite visiblement me transmettre quelque chose de crucial.

— Seuls, les humains étaient trop égocentriques et égoïstes. Trop émotifs et irréfléchis. Mais avec les Zandiens, nous formons une équipe imbattable. Cette nouvelle société sera florissante et servira de modèle à l'univers tout entier.

— Euh...

Je ne sais pas trop quoi dire. Il a raison ; les humaines ont amélioré Zandia. Mais je n'ai jamais songé au fait que les Zandiens pouvaient aider l'humanité en retour.

— Qui sait sur combien de planètes les humains se sont

installés ? L'univers est un endroit passionnant et plein de mystères. À mon avis, ce processus est en cours au sein de nombreuses sociétés. Nous comblons les brèches avec notre sagesse et notre savoir. Nos talents contribuent à rendre d'autres espèces encore plus fortes. Nous nous adaptons.

— Mais nous perdons notre identité.

— Tu ne crois pas que c'est le cas de tous les groupes, un jour ou l'autre ? demande-t-il en penchant la tête. Dans des millions d'années, y aura-t-il toujours des Ocrétiens, par exemple ?

— J'espère que non, plaisanté-je.

— Les Zandiens ne changent-ils pas, en incorporant notre ADN dans leur génome ?

— Si, bien sûr. Mais leur planète est toujours Zandia. Leur société est zandienne.

— Pour l'instant. Dans le futur, s'ils continuent de s'accoupler à des humaines, leur société sera nouvelle, méconnaissable. À la fois zandienne et humaine.

— C'est vrai.

Je me frotte le nez, les yeux brûlants.

— Et ainsi, les deux espèces perdurent. Tu vois ? Et elles en sortent peut-être même bonifiées. Renforcées. Renouvelées. L'ancienne espèce n'est pas remplacée. Seulement... améliorée.

— Oui.

Cette idée me plaît. Elle chasse ma peur et me fait chaud au cœur.

Mon père sourit.

— Qui sait ? Mais si les humains voyagent un peu partout, nos gènes survivront.

— Comme un virus.

— Ou un remède, dit-il en haussant un sourcil. Un élixir

de vie, Mirelle. L'injection qui aide les autres espèces à survivre.

— Survivre, répété-je.

Ses yeux s'embuent.

— Jesel est morte. Les attaques du groupe du nord ont détruit notre communauté. Il n'y a plus de familles, plus d'enfants. Les rares femmes en âge de procréer qui ont survécu n'ont pas de compagnon et sont esclaves d'autres humains. Les hommes dans la force de l'âge sont agressifs et hostiles, peu disposés à élever des petits.

Il détourne la tête.

— Notre technologie est mauvaise. Nous n'avons tout simplement pas assez d'êtres pour bâtir une nouvelle société humaine.

— Mais on peut en trouver d'autres. En sauver d'autres.

Ma voix, hésitante et pleine d'espoir, se brise.

— Avec le temps, on peut y arriver. Peut-être pas de mon vivant, mais...

Sauf que je n'aurai personne à qui transmettre ma mission.

— Ça ne suffit pas, répond mon père. Ça ne fonctionnera jamais comme ça. Et même si nous trouvons d'autres êtres, d'autres humains, nous n'aurons aucun moyen de protéger le groupe. Nous serons décimés dès qu'une autre espèce nous découvrira.

Il tousse encore, et cette fois, je suis certaine de voir du sang quitter sa bouche et tacher son mouchoir.

Je me lève en repoussant ma chaise.

— Tu es malade, papa. Qu'est-ce que tu as ?

Il froisse le mouchoir et prend ma main dans la sienne. Il me lance un regard qui me fait taire. Nous gardons le silence durant une longue minute. Le vent siffle sur l'avant-toit de la hutte, et j'entends le cri solitaire des roseaux séchés qui craquent dans le lit à sec du ruisseau.

Mon père sourit.

— Tu savais qu'il existe des êtres appelés les Fis ? Physiquement, ils ressemblent aux humains. Ils se trouvent à 500 années-lumière de Jesel, environ. Ils ont le même problème que les Zandiens, mais à l'envers. La plupart des femelles ont survécu ; leurs mâles sont morts à la guerre. Apparemment, les humains sont parfaitement compatibles. C'est là que j'ai envoyé nos hommes.

— Alors... quoi ? On devrait y envoyer tous nos hommes ?

— Oui. Et nos femmes sur Zandia. J'ai l'impression qu'elles s'y plaisent.

Je marque une hésitation.

— Diviser pour mieux régner ?

Il sourit.

— Comme une cellule, répond-il. C'est de la biologie élémentaire. Elles se divisent en deux pour se multiplier.

Il soupire.

— Je ne sais pas, ma fille. Je suis vieux, désormais. Je deviens plus philosophe. Plus fantaisiste. Mais je ne pense pas me tromper à ce sujet.

Je réfléchis.

— Mais je suis revenue pour toi, papa. Pour tout ça. Pour les humains.

Ma voix se brise alors que je répète :

— Je suis venue pour toi.

Il serre ma main dans la sienne.

— Mais c'est toi que tu as trouvée, dit-il. Prends cette Mirelle et allez-vous-en.

— Mais...

Mon cerveau tourne à plein régime face à cette nouvelle

perspective. Le plus effrayant, c'est que je pense qu'il a raison sur toute la ligne.

Il me lâche la main et la tapote.

— Retourne sur Zandia. Et emmène les autres humaines avec toi.

— Je ne peux pas te laisser tout seul.

J'ai répondu par automatisme, mais je songe déjà à la logistique. Avant tout, j'aurai besoin d'un vaisseau capable d'effectuer ce trajet. Je devrai sauver les femmes captives du groupe du nord.

Ou alors : je contacte Zandia et demande à ses habitants de m'aider à le faire. S'ils sont disposés à m'écouter, au point où nous en sommes. Je leur ai causé plus d'ennuis que de bien.

— Ils ne voudront pas de moi, dis-je. Mais de toute façon, je ne peux pas te laisser.

Je croise les bras, prise de nausées.

— Hélas, je pense que c'est moi qui vais te laisser, dit-il à voix basse.

Il me montre son mouchoir taché de sang.

— Papa, m'étranglé-je.

Il sourit.

— Tout va bien. J'ai eu une belle vie. Je ne regrette rien, Mirelle.

— Je pourrais peut-être réparer un vaisseau pour t'emmener sur Talon. Il y a un hôpital, là-bas, et je pourrais faire du troc pour t'obtenir des médicaments...

Mon esprit tourne à plein régime, et je me penche en avant, les poings serrés.

— Je pourrais voler quelque chose de très cher et le vendre...

Mon père secoue la tête.

— Ce n'est pas quelque chose dont on guérit.

— Mais...

— Je vais rester ici, m'interrompt-il d'un ton ferme. Jusqu'à la fin de mes jours. Jesel est toujours connue comme un refuge d'humains, et nous continuerons sans doute de recevoir un rescapé de temps en temps. Il faudra que quelqu'un les accueille et les oriente vers une autre planète. Toi, rentre sur Zandia.

— Et s'ils ne veulent pas de moi ?

Un sentiment de vide me brise les côtes et se répand dans mes organes.

— Tu les convaincs du contraire, répond-il avec un sourire.

— Et si je n'y arrive pas ?

— Ça ne ressemble pas à la battante que je connais.

— Je ne suis plus la même personne.

Il me regarde d'un air approbateur.

— Non, tu es plus forte. Ta mère serait fière de toi, Mirelle. Ta sœur aussi.

— Je ne sais pas où elles sont, murmuré-je.

Les larmes coulent sur mes joues, soudaines et brûlantes.

Je regarde le plafond de la hutte, comme si j'étais capable de voir à travers les poutres de bois brut en direction du ciel ensoleillé, au-delà des étoiles et des nébuleuses, pour les trouver, flottant quelque part.

— Je ne les trouve jamais, où que j'aille. Pourquoi fallait-il qu'elles s'en aillent ?

Mon père me prend dans ses bras, et je l'étreins, pour la dernière fois, car chaque fois est toujours la dernière fois. Je le serre le plus fort possible sans le briser.

— Je ne sais pas, dit-il d'une voix brisée. Mais tu es là, et il faut continuer d'avancer. Reprends le flambeau, Mirelle.

Je cesse de pleurer aussi vite que j'ai commencé. Je me touche le cou. Merde.

— J'ai perdu mon collier. Encore.

Il continue de m'enlacer.

— Tu n'as pas besoin du collier. La flamme est en toi.

— Je sais.

Je prends une grande inspiration tremblante. Je m'accroche à des souvenirs et à des symboles au lieu de vivre ma vie.

Le moment est venu d'affronter mon avenir, au lieu de ressasser mon passé.

CHAPITRE DIX-HUIT

L*anz*

— Qu'est-ce qu'on va faire ? demandé-je.

Je regarde fixement le tableau de bord, mais au lieu de voir des étoiles et des astéroïdes, je vois l'expression blessée de Mirelle. J'entends ses mots pleins de colère.

— On la laisse partir. Il est temps, répond Domm d'une voix pesante. Elle a besoin d'être libre. Si on l'aime, on doit lui donner ce qu'elle désire. Même si ça fait mal.

Je prends une inspiration.

— Je sais. Mais c'est dur, de savoir qu'elle ne nous appartient plus. Qu'elle n'a sans doute jamais vraiment été à nous.

— Ce n'est pas une petite chose fragile qui veut qu'on la garde en sécurité à la maison. Elle a besoin de parcourir la galaxie, de se battre, de sauver des vies, dit-il en secouant la tête. Plus vite on s'y fera, plus vite on pourra s'en remettre.

Nous traversons la ceinture d'astéroïdes à toute vitesse et nous retrouvons dans un noir d'encre.

— Il faut qu'on se concentre, maintenant.

— Je sais, réplique Domm d'un ton sec. C'est toi qui continues de parler d'elle.

Je serre les dents, prêt à donner un coup de poing à mon meilleur ami, même si je sais que ce n'est pas vraiment contre lui que je suis en colère.

Un bip du tableau de bord nous force à nous retourner.

— Alerte de Maître Seke.

Domm répond.

— Maître Seke, nous sommes là. Qu'y a-t-il ?

Son expression change alors qu'il écoute son unité de communication.

— Elle a quoi ? Où ça ?

Mon cœur se glace.

— Mirelle est partie ?

Il hoche la tête, le visage pâle.

— Elle a filé à bord de son propre vaisseau. La tour de contrôle dit l'avoir vue partir, mais il n'y avait pas de chasseur disponible pour la suivre, et le roi a ordonné de la laisser faire, que l'on s'occuperait d'elle plus tard.

— Elle a bien choisi son moment, dis-je.

Je secoue la tête, mi-apeuré, mi-admiratif.

Domm soupire.

— Comme toujours.

— Où est-elle allée ?

— À ton avis ?

— Sur Jesel.

Il hoche la tête.

— J'imagine qu'on se doutait qu'elle nous quitterait pour cette planète, tôt ou tard.

L'espace semble soudain étouffant. J'ai l'impression de tout perdre à nouveau. Mes parents, mes frères et sœurs, ma maison. Tous mes repères.

Une part de moi croyait toujours qu'à notre retour, nous parviendrions à arranger les choses. Désormais, je sais que c'est vraiment fini.

~

Mirelle

— J'aurais bien aimé que tu attendes avant d'envoyer les hommes sur Fi, dis-je.

Je regarde la pile de pièces détachées pour voir ce que nous avons. Et ce que nous n'avons pas.

Mon père place une main sur mon épaule.

— Je ne me doutais pas que tu reviendrais. Ce vaisseau pouvait leur assurer un avenir.

— Je sais. Mais j'aurais bien aimé l'avoir sous la main, là.

— Tu trouves quelque chose d'utile ?

— Je vais devoir fouiller un peu. Elles sont tellement proches et tellement loin à la fois. Ça me rend folle.

Il sait que je parle de Mandy et Tess.

— Patience et préparation, Mirelle.

Je ris.

— Je sais. Ton dicton m'avait manqué.

Je lui souris, et l'espace d'un instant, tout est comme avant, quand ma sœur était en vie et que notre communauté, bien que rudimentaire et primitive, se portait bien et faisait des projets d'avenir.

— Quand veux-tu contacter Zandia ?

Je secoue la tête.

— Pas tout de suite. Pas avant d'avoir récupéré les

femmes. Et d'avoir un appareil capable de les joindre, dis-je avec un petit rire sans joie.

— Si tu les appelles à l'aide, ils pourraient te servir de renforts pour l'opération de sauvetage. Un vaisseau zandien serait capable d'atteindre le camp du nord en quelques secondes, de détruire les zones nécessaires, et de capturer les femmes.

— Ils ne m'enverraient pas de vaisseau.

— Ils veulent des humaines. Ça leur en ferait deux de plus.

— Ils ne me feraient pas confiance. En plus, ils ne s'aventurent plus dans les environs. Le roi a peur que des pirates ocrétiens tentent de voler un vaisseau zandien.

— Il a raison de s'inquiéter.

Mon père tousse, mais heureusement, il n'est pas secoué par l'une des quintes de toux violentes qui le frappent dernièrement. Il hausse un sourcil et ajoute :

— Mais tu as réussi à venir à bord d'un appareil dénué d'armes. Je pense qu'ils s'en sortiraient.

Je soupire.

— S'ils estimaient que ça valait le coup, oui. Je ne veux pas prendre le risque. S'ils disent non...

— Convaincs-les. Offre-leur quelque chose qu'ils ne peuvent pas refuser.

— Je préfère sauver les femmes, puis aller sur leur planète.

Je réfléchis.

— Je pense qu'ils nous accorderont l'asile. Au moins, même s'ils me chassent parce qu'ils ne me font pas confiance, Mandy et Tess seront en sécurité. Elles auront un avenir.

— Comment pourrais-tu leur prouver que tu es digne de confiance ?

Je me tapote les lèvres.

— En leur apportant une chose dont ils ont besoin, peut-être. Une chose dont ils ne peuvent pas se passer.

Une idée commence à germer dans mon esprit.

— Quoi, par exemple ? demande mon père.

— Je dois mettre la main sur un vaisseau pirate ocrétien.

Il écarquille les yeux.

— Ce n'est pas une mince affaire. C'est impossible, même.

Je hoche la tête.

— En effet.

Je regarde mon propre vaisseau, qui vole correctement lorsqu'il est en état de marche, mais qui ne possède aucune arme. Sans parler des dégâts qu'il a subis. Pour le moment, il est inutilisable.

— Si j'avais l'effet de surprise...

Je secoue la tête.

— On ne possède pas d'armes, ici, me rappelle mon père. Ni d'hommes pour préparer une embuscade. Et leurs vaisseaux comptent parmi les plus sécurisés de la galaxie.

— La nuit porte conseil. Parfois, mes meilleures idées me viennent quand je rêve.

Mon père sourit, mais il a le regard triste.

— Comme ta mère, dit-il.

— Tu peux me parler d'elle ?

Je sais qu'il s'agit de nos dernières rotations planétaires ensemble, et bien qu'une mission importante soit en jeu, je veux emmagasiner un maximum d'informations sur mon passé. Cela n'a peut-être aucune importance pour les autres êtres de la galaxie, mais ça compte énormément à mes yeux.

— Ah, elle était féroce. Elle avait une technique pour se libérer de menottes ou surprendre un ennemi. Elle s'en est servi plus d'une fois. C'est comme ça qu'on s'est enfuis d'Ocrétia, il y a si longtemps.

— Pourquoi tu ne m'en as jamais parlé ?

Il secoue la tête et toussote.

— Ce n'était pas le bon moment. Elle insérait une petite tige en métal, grande comme ça, sous son ongle. La douleur devait être insupportable, au début, mais elle disait que si l'on tenait bon, on obtenait la liberté.

— Qu'est-ce qu'elle faisait avec cette tige en métal ?

— À l'époque, les menottes n'étaient pas toutes électroniques. Certaines possédaient un verrou mécanique qu'elle arrivait à crocheter. Tu sais, comme les serrures des entrepôts.

— Et c'est ce qu'elle a fait ?

— Elle a gardé cette tige en métal sous son ongle pendant des mois, en attendant l'occasion parfaite. La tige était devenue une partie d'elle, d'une certaine façon.

— C'est épatant, dis-je avec respect. J'aimerais bien être comme elle.

Mon père prend une expression pleine de tendresse, et son regard se perd au loin.

— Elle était patiente et prévoyante. On aurait dit qu'elle lisait l'avenir ; elle avait toujours dix coups d'avance. Les plans qu'elle mettait au point...

Il secoue la tête.

— Quand les Ocrétiens ont appris qu'on avait fui la hutte des esclaves, elle nous avait déjà menés tellement loin qu'ils ne pouvaient plus nous rattraper.

— Dix coups d'avance ? répété-je.

— Elle anticipait tout méticuleusement. S'il se passait a, alors elle faisait b. S'il se passait c, elle faisait d. Chaque aléa avait sa solution. Des plans que nous n'avons jamais eu besoin de mettre en pratique, mais qui existaient au cas où. Une vraie stratège. Elle aurait fait une cheffe de planète exceptionnelle.

Je lui prends la main, et il la serre.

— Elle a tenu ce rôle. Pendant un temps.

— Oui, tu as raison, dit-il. Ici. Et sa plus belle création, son meilleur plan, ma chérie, c'était toi. Elle t'aurait adorée.

Je secoue la tête.

— Elle aurait dû diriger des bataillons d'humains.

Je songe aux cours d'arts martiaux que je donnais aux humaines sur Zandia, à la façon dont mes compagnons m'ont soutenue.

— Parfois, une seule personne est plus forte que tout un bataillon. La bonne personne, en tout cas, dit-il avant de tousser, à bout de souffle. Tu as la même passion qu'elle, Mirelle. Continue d'aiguiser ton sens stratégique. C'est en toi. Tu ne réalises pas à quel point tu lui ressembles.

Alors, assis dans notre hutte de fortune en buvant une tisane au citron avec de la viande séchée d'aprix, il me parle jusque tard dans la nuit, sous les étoiles qui brillent puis faiblissent. Cette nuit-là et les suivantes, je veille à enregistrer chacun de ses mots. Et je me sers de mes rêves pour préparer la suite.

J'améliore l'unité de communication à courte portée de mon père, et il m'aide à préparer de faux messages, qui je l'espère, seront interceptés par des pirates. Nos messages disent qu'il y a des humains, ici, tous ceux qui ont fui Ocrétia, et qu'il y a de nombreuses femmes.

Puis nous attendons.

Domm

— Tu crois qu'elle a réussi à atteindre Jesel ? demandé-
je, le cœur serré.

Nous aurions dû être avec elle. Nous aurions dû entre-
prendre ce périlleux voyage à ses côtés.

— Je ne sais pas, répond Lanz. Si c'était un autre être, ce
serait peu probable.

— Mais elle est différente. Je voudrais...

Je m'interromps.

— Tu voudrais quoi ?

Je me redresse.

— Je pense qu'on devrait aller la chercher.

— Elle a dit qu'elle nous détestait. Elle préfère vivre sur
Jesel, dit Lanz d'un ton monocorde.

J'admire les étoiles.

— Je n'en crois pas un mot. Elle ne nous déteste pas. Elle
était simplement... déchirée. Je pense qu'elle tient à nous. En
plus, elle est peut-être en danger en ce moment même,
pendant qu'on se tourne les pouces. Si elle ne nous aime
pas, tant pis. Moi, je l'aime, et si elle se bat, je veux être à ses
côtés.

Lanz pose une main sur son épée, comme s'il était lui
aussi prêt à la dégainer pour elle sur-le-champ. Il jette un
regard à notre écran de contrôle.

— Tu sais bien qu'on n'a pas le droit de pénétrer dans ce
périmètre pour l'instant.

Je hausse les épaules, un sourire aux lèvres.

— C'est une mission de sauvetage. Une urgence. On a
toujours le droit de changer de cap, quand c'est une question de vie ou de mort.

— Et si Mirelle ne veut pas être sauvée ? demande-t-il en haussant un sourcil.

— Oh, tu as mal compris. Ce n'est pas elle qu'on va sauver. C'est nous.

CHAPITRE DIX-NEUF

M*irelle*

JE ME RÉVEILLE EN SURSAUT. Un bruit assourdissant résonne dans mon crâne, et je le reconnais aussitôt : un vaisseau ocrétien. La peur et l'adrénaline m'envahissent, et je bondis sur mes pieds, un poignard et un petit phaser à la main.

— Papa ! Ça a marché. Ils ont entendu nos messages. Ils sont là.

Je le regarde. Il est immobile, blanc comme un linge. Il a un filet de sang séché au coin de la bouche. Je me précipite vers lui et lui touche l'intérieur du poignet, le cou. Mais il est froid, si froid, et sa poitrine ne se soulève plus.

Oh non. Pitié, non. Douce Terre mère... je ne suis pas prête.

— Papa, murmuré-je.

Je lui prends la main, mais je n'ai même pas le temps de lui dire au revoir.

Je quitte la hutte en courant, en direction d'une crête qui

surplombe les environs. J'aperçois un vaisseau ocrétien qui plane dans le ciel, grand et noir comme un scarabée.

Et je suis là. Toute seule. Une petite humaine avec son petit poignard.

Je pose la main sur ma bouche et grimace.

— Au revoir, murmuré-je à mon père dans la hutte. Je t'aime.

Puis je me redresse de toute ma taille et patiente pendant qu'une navette ocrétienne émerge d'une fente dans la coque, luisant comme de l'eau au soleil. Comme si le vaisseau gigantesque accouchait d'un être lisse et malfaisant.

C'est toujours l'odeur qui me frappe avant tout le reste, chez les Ocrétiens. Leur puanteur. Puis il y a leurs yeux froids de poissons morts et leur peau grise. Leurs mouvements rapides et soudains.

Trois d'entre eux m'ont passé des menottes magnétiques et m'ont menée à bord de leur navette. Adossée à la paroi, je les regarde bien en face, concentrée sur ma respiration.

— Une humaine, dit celui qui commande.

Il s'approche, puis me gifle du dos de la main, m'envoyant la tête en arrière si fort que mon crâne rebondit contre la paroi de métal.

— Argh, grogné-je de douleur.

Des étoiles dansent sous mes yeux, et ma bouche s'emplit de sang. Je crache et le laisse couler sur mon menton, son goût métallique et sa texture épaisse familiers, intimes.

— Rousse. Exotique. Elle rapportera gros aux enchères.

Un deuxième Ocrétien saisit l'un de mes seins et le serre

si fort que je pousse une exclamation, terrifiée à l'idée qu'il me lacère avec ses grosses griffes.

Quand il me lâche, je trébuche. Je tente de me relever, hébétée. J'ai les jambes tremblantes, et je n'ai jamais eu aussi peur de toute ma vie.

— Bien sûr, elle va devoir nous dire où sont les autres, dit le troisième.

Il me donne un coup de pied dans le genou, et dans un hurlement, je tombe par terre.

— Parce que si elle veut avoir une chance d'arriver entière au marché aux esclaves, elle sait que parler est sa meilleure option.

Il me frappe le flanc. J'ai la respiration coupée, la poitrine en feu. Il m'a cassé au moins une côte, sûrement deux. Voire trois.

Je respire par petites goulées, percevant parfois leurs voix. Leurs rires. Leur odeur m'enveloppe, étouffante.

On me traîne sur mes pieds.

— Debout, m'ordonne l'un d'entre eux. Regarde-moi.

Il brandit mon propre poignard, qu'il a trouvé à ma ceinture.

— Si ta réponse ne me plaît pas, je te coupe la langue. Où sont les autres humaines ?

— Au...

Je crache davantage de sang. Vacille. M'efforce de prononcer les mots.

— Camp. Nord.

Je toussote et trébuche.

— À l'autre bout de la planète, il y a un hameau.

— Qui est à sa tête ? Combien sont-ils ?

— Garrett. C'est le chef, haleté-je, les yeux braqués sur mon poignard.

Il le colle à ma joue et fait pivoter sa main. Je sens mon sang couler.

— Et ? Ne t'arrête pas en si bon chemin.

— Euh... euh... trois... autres hommes humains. Ils ont des missiles terre-air et des missiles midriens de classe 5. Un radar. Au moins... deux femmes en captivité. Si elles ne sont pas mortes.

— Très bien.

Il me coupe l'autre joue, et l'espace d'un instant, je me demande si les deux entailles sont symétriques.

— C'est ta gorge que je trancherai si tu as menti. Ne l'oublie pas.

J'ai le tournis.

Il me jette au sol, et je hurle, tout le corps endolori.

— Mettez-la dans la cage, ordonne-t-il.

Un Ocrétien me traîne par la jambe, et ma tête rebondit sur le sol.

Je dois perdre connaissance, car lorsque je rouvre les yeux, je suis enfermée dans une petite cage métallique. Il y fait noir, mais des voyants clignotent sur un écran derrière mes barreaux ; rouge, vert.

C'est trop difficile. Je ne m'attendais pas à ce que ce soit si pénible.

Je tente de me lever, mais je retombe aussitôt.

Par les étoiles, comment ma mère a-t-elle fait ? C'est impossible.

Je reste allongée là, le souffle court, un goût de sang sur ma langue, et je déglutis avec force pour ne pas vomir. Je ne sais même pas si je serai capable de plaquer mes mains à ma bouche assez longtemps pour faire le nécessaire.

J'ai un nouveau trou noir alors que l'appareil commence à être pris de secousses, et lorsque je me réveille, la navette vibre tranquillement. Nous sommes sans doute en train de planer.

J'entends des cris étouffés.

— Amenez-les à bord.

Des hurlements... des humaines.

C'est Mandy et Tess, et les entendre me réveille pour de bon. C'est pour elles que je fais tout ça. Je suis une combattante de la liberté.

Le désespoir submerge mes veines d'adrénaline, et je me sers de mes vestiges d'énergie pour lever les mains et pencher la tête. J'ai tellement mal partout que je ne remarque même pas la douleur lorsque je déchire la peau sous l'ongle de mon pouce avec mes dents pour en extraire une capsule.

Je me laisse retomber en arrière, un mouvement qui me force à fermer les mâchoires brutalement, brisant immédiatement l'enrobage en poly de la capsule. Le mélange d'herbes et de médicaments qui s'y trouve pénètre mon métabolisme, m'octroyant une dose d'énergie si pure et puissante que je pousse un cri rauque et guttural.

Mon cœur bat frénétiquement, mais c'est une bonne chose, car la substance m'envahit pleinement, et ma douleur s'estompe suffisamment pour que je porte de nouveau les mains à ma bouche. Cette fois, je m'attaque à mon index, et lorsque je sors la petite tige métallique avec mes dents, je sais que je serai capable d'accomplir le reste.

Je laisse tomber la tige dans ma main et me mets debout. Je tremble, mais la douleur continue de reculer, et je suis lucide. Il ne me faut qu'une minute pour déverrouiller la cage et quitter la cale plongée dans les ténèbres. Je me retrouve dans la cabine principale, hébétée face à la lumière.

Il n'y a personne. L'ego des Ocrétiens les perdra toujours.

J'ai déjà repéré les lieux tout à l'heure, et je me souviens du code que l'un de mes ravisseurs a tapé pour déverrouiller l'armurerie. J'entre les symboles appropriés, et la porte s'ouvre dans un souffle, dévoilant une panoplie d'armes mortelles. Je prends la plus menaçante d'entre elles, en veillant à pouvoir la manier malgré mes menottes. Aux aguets, je patiente.

Le premier Ocrétien ne voit pas son heure arriver. Ils sont deux à pénétrer dans la pièce, enthousiastes, braillards, en traînant Mandy et Tess par les bras. Ceux de Tess semblent disloqués. Mais j'ai une vue parfaite sur les deux Ocrétiens, et j'en profite. Je tire une fois. Deux fois.

Deux sifflements, et leurs crânes explosent dans un joli feu d'artifice de rouge et de blanc qui éclabousse les murs.

Le troisième pousse un cri et débarque arme à la main, mais lorsqu'il me vise, une expression surprise au visage, je lui tire au laser en pleine poitrine, et il s'écroule, dégoulinant comme une poche de sang trouée.

— Mirelle ?

Mandy est stupéfaite. Tess est sous le choc.

— Oui. On n'a pas le temps. Attrapez-lui la main et déverrouillez mes menottes.

Je leur montre le premier Ocrétien, qui baigne dans son sang.

— Mais...

Je regarde Mandy dans les yeux.

— Main. Menottes. Fais-le. Vite.

Je pousse un grognement frustré en voyant son air hébété.

— Seule l'empreinte de son index peut déverrouiller mes menottes. Il faut que tu le presses au voyant lumineux.

Elle gémit légèrement, mais lui prend sagement le bras. Je me rapproche, mains tendues. Elle colle l'index de l'Ocrétien au métal, et mes menottes s'ouvrent dans un cliquètement.

— Comment as-tu... Je ne...

— Il faut qu'on y aille, coupé-je en me levant, glissant dans une flaque de sang. Douce Terre mère.

— Où ça ? demande-t-elle avec un regard affolé.

— Sur le vaisseau mère, réponds-je en pointant le doigt vers le ciel.

— Non, Mirelle, non. Ils vont...

— D'abord, il faut que je me soigne. Tu vas devoir m'aider sans poser de questions, sinon on mourra toutes les trois.

Elle se met à haleter.

— Non ! Il faut qu'on descende de cette navette et qu'on se cache dans les grottes. Au moins comme ça, on aura une chance de survie.

Sans réfléchir, je m'approche d'elle et la prends par le menton pour la regarder dans les yeux.

— Tu dois me faire confiance. Je suis une guerrière. Une pilote. J'ai voyagé ; pas toi. C'est le seul moyen.

Si seulement je pouvais lui envoyer mes pensées, lui faire comprendre.

Durant une seconde, je comprends la terreur de Lanz et Domm, quand ils me suppliaient de me tenir à carreau face au roi. Pas facile, de devoir compter à ce point sur la docilité d'un autre être pour éviter une catastrophe.

Je n'ai pas le temps d'être diplomate ou de la cajoler. J'espère ne pas être obligée de l'attacher ou d'utiliser la force pour l'empêcher de quitter cet appareil pour fuir dans les grottes, ce qui signerait notre arrêt de mort.

Heureusement, elle se calme. Hoche la tête.

— D'accord, répond-elle. Dis-moi ce que je dois faire.

Je lui montre un placard du doigt.

— Trouve-moi des pilules stimulantes et de l'eau. Ça m'aidera à tenir.

À mon grand soulagement, elle se lève, quoiqu'un peu machinalement, et suit mes consignes.

— Tiens, dit-elle en glissant un cylindre dans ma bouche. Bois.

J'avale, et je me sens tout de suite mieux. J'ai plus d'énergie.

Je m'assois face au tableau de bord et cligne des yeux.

— Cherche une bande pour mes côtes. Et une autre pour ma jambe.

Une fois mes plaies pansées, je dévisage Mandy et Tess.

— Vous avez besoin de boire de l'eau et d'avaler une pilule stimulante, vous aussi. Vous n'êtes pas trop mal en point, heureusement.

— Ils ont dit qu'ils allaient nous vendre aux enchères, dit Mandy d'un ton monocorde. Et « pas trop mal en point » ? On était avec la bande de Garrett !

Elle lâche un rire dénué d'humour.

— Au moins, les Ocrétiens l'ont tué, lui et ses complices. La seule chose positive qu'ils aient sans doute jamais faite pour des humaines.

— Je peux vous emmener dans un endroit sûr. Un endroit où vous pourrez vivre paisiblement.

— Mirelle, les endroits comme ça, ça n'existe pas pour les humaines.

Je m'enfonce dans un fauteuil devant l'écran de contrôle principal.

— J'arrive de Zandia. C'est là que j'ai passé les derniers mois. Et c'est là que je compte retourner.

— Zandia ?

Elle s'assoit à mes côtés et s'essuie le visage avec un morceau de tissu.

— Mais, et l'esclavage, alors ? Je croyais que les humaines étaient exploitées, là-bas ?

Je secoue la tête.

— Les humaines sont libres.

Je tousse. J'ai mal aux côtes. La douleur revient.

— Je recommence à faiblir, dis-je.

— Combien de pilules ton corps peut-il supporter ? demande-t-elle en ouvrant un autre flacon. Je t'en ai déjà donné trois.

— Aucune idée. Mais j'en ai besoin, alors... Vas-y.

Chaque fois qu'elle me donne une dose, l'adrénaline fait battre mon cœur plus vite, mais l'effet dure de moins en moins longtemps. Je sais que ça ne remplace pas de véritables soins, et que si je continue à en prendre, mon cœur finira par s'arrêter. Il faut que je nous conduise sur Zandia avant que cela arrive.

— Alors, c'est quoi le plan ? Me demande Mandy avec un regard pour Tess, qui n'est pas en état de nous aider.

Paniquée, elle reste assise par terre, tremblante.

— On va lui donner des antidouleurs pour qu'elle se calme. Ensuite, on s'armera toutes les trois, et on pénétrera dans le vaisseau mère. On va tuer les Ocrétiens, voler leur appareil, et aller sur Zandia à son bord.

— On ne peut pas faire ça toutes seules.

Je la fusille du regard.

— On n'a pas le choix, et on va y arriver. C'est notre seule chance, si on veut s'en tirer.

— Pourquoi est-ce que ton bracelet clignote ? demande-t-elle, les yeux posés sur mon poignet.

— Quoi ?

— Ça. Ton bracelet.

Je baisse la tête. Mon bracelet électronique clignote en bleu, le voyant qui apparaît lorsque Domm et Lanz se trouvent dans les parages.

— Il doit mal fonctionner.

— Qu'est-ce que c'est ?

— Un dispositif installé par mes compagnons. Une sorte de système de surveillance électronique. Ils ne peuvent pas vraiment...

Malgré moi, mon cœur fait un saut périlleux.

— La lumière bleue veut dire qu'ils t'ont suivie ici ? demande Mandy en s'illuminant. Ils vont pouvoir nous aider !

— C'est impossible. Ils sont en mission ailleurs. Mais de toute façon, même s'ils étaient là, je ne pourrais pas le savoir, parce qu'ils seraient cachés par leur mode furtif.

Mais je suis prise d'un malaise. Si pour une raison ou pour une autre, ils sont vraiment dans les parages, ils seraient effectivement invisibles. Et ils attaqueraient la petite navette en priorité, avant que les Ocrétiens à bord puissent regagner leur vaisseau mère.

Je m'empare du tableau de bord.

— Juste au cas où, dis-je.

— Qu'est-ce que tu fais ?

Je fais clignoter les lumières d'atterrissage.

— C'est un signal, expliqué-je.

Je reproduis le code qu'ils m'ont appris.

— Pour qui ? demande Mandy en fronçant les sourcils. Les Ocrétiens ?

— Les Zandiens.

— Ils peuvent nous voir d'aussi loin ?

— Non. C'est un code secret. Au cas où ils seraient là.

— Maintenant, je ne comprends plus rien. Et si les Ocrétiens le voient ?

— Ils le verront. Mais ils ne comprendront pas ce que je suis en train de faire. J'espère qu'ils penseront simplement que je teste les lumières.

J'envoie un message via mon écran : *Test du système lumineux.*

— Mais en fait, c'est un message ?

Je fais clignoter les lumières.

— Oui. Un message secret. Seuls mes compagnons pourraient le comprendre.

Je reproduis le code. Encore et encore.

Il ne se passe rien.

Je soupire.

— Bon, ça valait le coup d'essayer. On va devoir s'en tenir au Plan A, finalement. Regagner le vaisseau Ocrétien comme si tout était normal, avant de tous les tuer.

L'incertitude sur le visage de Mandy suffit à me faire douter, mais soudain, un message apparaît sur mon tableau de bord. Un message que seule notre navette peut lire.

— Salutations, *vipn.*

J'éclate de rire, soulagée.

— Douce Terre mère, ils sont là ! Mandy, ils sont là. Mes guerriers zandiens sont là.

Ce n'est qu'en cet instant, submergée par une bouffée d'amour et de soulagement, que je réalise à quel point j'avais besoin d'eux.

— Qu'est-ce que ça signifie ? demande-t-elle en se collant à moi. Les Ocrétiens ne risquent pas de le lire ?

Je secoue la tête.

— C'est un message masqué. On se sert de leur propre technologie contre eux. Les appareils de ce calibre peuvent cacher leurs communications avec d'autres vaisseaux.

— Mais il n'y a pas d'autre vaisseau, répond-elle en montrant l'écran du doigt. Seulement celui des Ocrétiens. Je ne suis pas une experte, mais même moi, je peux m'en rendre compte.

Je m'efforce d'être patiente.

— Seulement un vaisseau *visible*. Naturellement, les Ocrétiens ne se cachent pas les uns des autres. Mais Domm et Lanz sont là, à bord d'un vaisseau de guerre zandien high-tech, et ils n'apparaissent pas sur les radars des Ocrétiens. Ils peuvent choisir de communiquer avec des appareils spécifiques.

Mandy croise les bras.

— Alors tu es en train de me dire qu'il y a un vaisseau invisible plein de Zandiens, que tu communiques avec eux depuis cette navette ocrétienne à la con, qu'ils savent que c'est toi et qu'ils ne nous tueront pas ?

— Oui.

Elle s'enfonce dans son siège.

— Eh bien, douce Terre mère. Je suis sidérée. Ne fais pas attention à moi, je vais juste mourir tranquillement dans mon siège.

— Remets ça à plus tard, dis-je en répondant au message de mes compagnons. Parce qu'on va toujours devoir tuer les Ocrétiens à bord du vaisseau mère.

Elle se penche en avant.

— Bien entendu. Comment on fait ?

Les dix minutes suivantes se déroulent comme dans un rêve étrange.

Je contacte le vaisseau mère pour leur dire que nous testons le mode furtif avant de revenir. Apparemment, ils ne se méfient pas encore, car j'envoie des hologrammes de Mandy et Tess avec le message : *Humaines à vendre, tous les mâles tués, mission accomplie. Demande autorisation d'embarquer.*

Puis je coupe le système de protection et laisse le vaisseau zandien aspirer la petite navette dans leur coque. Domm et Lanz montent dans notre vaisseau et ont à peine le temps de pousser des exclamations horrifiées face à mon apparence avant que le vaisseau mère lance des alarmes.

— Ils nous ont démasqués. Leur technologie a repéré votre mode furtif. *Vutain.*

Domm s'empare des commandes.

— Mirelle, assieds-toi. On va vite.

— Ils voient votre vaisseau ?

— Par intermittence, et ils vont tenter de nous aborder.

— On ne se laissera pas faire, dis-je d'un ton ferme. On a accès à leurs armes.

— Et aux nôtres, renchérit Domm en me tendant l'une d'entre elles. On va s'emparer de leur appareil. Les vaisseaux pirates ne comptent pas beaucoup de personnel. À mon avis, ils ne sont pas plus de cinq à bord.

Nous pénétrons dans le vaisseau ocrétien avec la navette, et Lanz et Domm en surgissent. C'est une embuscade très simple, et bien vite, ils sont tous morts.

Le vaisseau ocrétien est à nous.

～

— *Vutain*, par les étoiles, s'exclame Domm.

Il est debout au milieu du carnage, et lorsqu'il croise mon regard, je me dis que je n'ai jamais rien vu d'aussi beau.

— Tu n'aurais pas...

Je halète et m'effondre à genoux.

— Tu n'aurais pas... l'un de ces kits médicaux ?

Je ferme les yeux, les paupières lourdes. Ils ne s'ouvri-ront plus. Les pilules ne font plus effet, et mon corps me lâche.

— Occupe-toi de ça, dit Lanz en me soulevant.

Je reconnais son odeur, que je hume pendant que mon cerveau commence à s'éteindre. Alors que je perds connais-sance, je crois l'entendre murmurer :

— Il faut qu'on arrête de se voir dans ces circonstances, petite guerrière.

Cette fois, quand je me réveille, je me sens un peu mieux. La douleur dans mes côtes n'est plus qu'une brûlure sourde, et mes genoux me lancent. Mon visage pulse à chaque battement de mon cœur à cause des deux entailles sur mes joues, mais mon rythme cardiaque est de nouveau régulier. Mes blessures sont douloureuses, mais pas mortelles, et le kit médical a permis de me remettre presque totalement sur pied.

Je prends une grande inspiration.

— Où sommes-nous ?

— En train de pénétrer l'espace aérien zandien. On attend d'être abordés.

— Ils ne savent pas que c'est vous ? demande Mandy, les yeux écarquillés.

Elle tient le coup, et je suis impressionnée, mais niveau nouvelles informations, je crois qu'elle a atteint ses limites.

— On fait du sur place en attendant que l'armée fouille le vaisseau. Ils vont vérifier que ce n'est pas un piège des Ocrétiens.

— Alors on risque toujours de tous mourir.

— On risque toujours de mourir, répond Lanz. Mais ils sont intelligents et précautionneux. Tout se passera bien.

— Super nouvelle. Oui, vraiment super, raille Mandy en levant les yeux au ciel.

Malgré la situation, j'apprécie son humour. Je pense qu'elle s'intégrera très bien sur Zandia.

Je prends sur moi et me mets debout.

— Laissez-moi parler, dis-je, les lèvres sèches.

Lanz me prend par le coude pour m'aider à garder l'équilibre.

Domm porte un tube de fluide à ma bouche.

— Attends d'être guérie.

— Non, j'ai besoin de vous dire quelque chose, à tous les deux. Je ne pensais pas ce que je vous ai dit. Je ne vous déteste pas. Je vous aime. Je veux rentrer à la maison.

Mes yeux s'embuent, et Domm me caresse la joue, son regard planté dans le mien. Lanz m'enlace par-derrière.

— Nous aussi, on t'aime. On a besoin de toi. Et tu rentres à la maison, que ça te plaise ou non.

Avec un rire mouillé, je tombe dans les bras de Domm, trempant sa tunique de mes larmes.

— Vous m'avez manqué, espèce de brutes autoritaires.

Domm m'embrasse le sommet du crâne pendant que Lanz me caresse la taille.

— Toi aussi, tu nous as manqué, mon adorable petite *vipn*.

~

Le vaisseau est plein de guerriers zandiens armés. Ils

sont plus détendus, après avoir fouillé l'appareil ocrétien, mais ils restent sur leurs gardes.

Un holo du roi apparaît devant nous.

Les Zandiens présents à bord lui adressent le salut traditionnel : poing en l'air, coude plié à angle droit.

— Mirelle. Expliquez-vous, m'ordonne-t-il d'une voix sonore.

J'incline la tête avec respect.

— Majesté. Je suis revenue. Je voudrais que vous m'accordiez, euh, réaccordiez l'asile. Pour vivre sur Zandia de façon permanente.

Avec un toussotement, je fais signe à Mandy et Tess, qui viennent se placer à côté de moi. Elles tremblent un peu, mais elles se tiennent bien droites.

— J'ai sauvé deux humaines qui demandent également l'asile ici. Et nous vous avons apporté un vaisseau pirate ocrétien équipé des dernières technologies, afin que vous l'étudiiez.

— Lanz ? Domm ?

Ils s'avancent.

— Elle a pris l'initiative de mettre la main sur ce vaisseau ocrétien, explique Lanz. Nous l'avons aidée dans sa conquête, mais nous pensons qu'elle y serait parvenue seule.

— Nous souhaitons qu'elle revienne parmi nous, dit Domm.

Le roi me fait signe d'approcher.

Il plisse les yeux, et j'ai l'impression qu'il sonde mon âme.

— Vous avez quitté Zandia et vos compagnons. Vous n'êtes pas dévouée à notre planète.

Je déglutis.

— Il est vrai qu'avant, je ne me donnais pas pleinement.

Mon père se trouvait toujours sur Jesel, et je voulais le retrouver et reprendre mes missions de sauvetage d'humains.

Je jette un regard à Domm et Lanz par-dessus mon épaule.

— Je me sentais prisonnière de mes compagnons, qui me donnaient tout ce que je voulais, sauf la liberté de regagner mon foyer.

Derrière moi, ils se balancent d'un pied sur l'autre.

— À présent, mon père est mort, et je réalise que mon travail est ici. Je veux aider Zandia, et cette fois, je m'y consacrerai pleinement.

Je regarde le souverain droit dans les yeux pour lui montrer que je suis sincère.

— Je vois les choses différemment, désormais. Je souhaite me joindre aux efforts de Zandia pour aider d'autres humaines à s'y installer.

Domm s'éclaircit la gorge.

— Majesté, puis-je prendre ma parole ?

Le roi acquiesce.

— Mirelle a beau être humaine et femelle, c'est une guerrière, comme nous. Lanz et moi avons tenté de la tenir à l'écart des combats, mais ce n'est pas dans sa nature. Sa place est sur le champ de bataille.

Cela me fait tellement chaud au cœur que j'ai l'impression qu'il va exploser.

— Je pense que si nous l'autorisons à partir en mission avec nous, elle se montrera tout aussi fiable et efficace que vos autres guerriers.

Le souverain me dévisage d'un air insondable.

— Majesté, à mon arrivée, une part de moi se trouvait toujours sur Jesel, ce qui m'empêchait de me consacrer pleinement à Zandia. Mais l'œuvre que je menais là-bas s'est conclue. Je peux me joindre à vous sans réserve, à présent. Avant, je ne vous donnais qu'une partie de moi. Désormais, je serai à cent pour cent. Je n'ai plus besoin de retourner sur Jesel, ou ailleurs.

Nous nous regardons un instant, et je retiens mon souffle. S'il n'accepte pas, je ne sais pas ce que je deviendrai.

Ses yeux, d'un brun chaud cerclé de violet, se plantent dans les miens. Je ne cille pas. La force de son regard me donne le tournis, mais je tiens bon.

Il finit par hocher la tête.

— Je vous octroie l'asile.

— J'ai besoin de partir en missions de sauvetage, dis-je aussitôt. Sauver les gens, j'ai ça dans le sang. Je vous aiderai à trouver d'autres humaines, et je les ramènerai chez nous. Sur Zandia.

— C'est une existence dangereuse, dit le roi Zander.

— Et épanouissante. Il y a longtemps, j'ai décidé d'aider les humains. Ça fait partie de mon ADN, désormais. Je ne peux pas m'en empêcher, pas plus que je ne peux changer la couleur de mes iris. Ou ma taille.

Je me touche la poitrine.

— C'est dans mon cœur. Je me donnerai à fond pour vous, pour vous tous. Si vous voulez bien de moi.

Le souverain incline la tête.

— Quand vous serez rétablie, vous pourrez aller voir Maître Seke pour déterminer quels sont vos capacités et vos objectifs. À condition que vous obéissiez à vos compagnons, qui sont vos supérieurs hiérarchiques, au travail.

Il se tourne vers ces derniers.

— Vous l'acceptez de nouveau comme compagne ? Vous êtes d'accord pour la former en tant que guerrière zandienne, et vous êtes conscients qu'elle se consacrera à des tâches dangereuses et potentiellement mortelles ?

— Oui, répondent-ils d'une voix pleine d'émotion.

— Toujours, renchérit Lanz et me serrant la main.

— Et à jamais, ajoute Domm, qui glisse un bras autour de ma taille.

Le roi sourit brièvement.

— Alors faites donc. Guérissez. Puis épanouissez-vous.

— Je partirai en mission sur-le-champ, dis-je.

Dès que je serai remise sur pied, bien sûr. Mais mon enthousiasme est difficile à contenir.

— Attends un peu, petite *vipn*, dit Lanz en levant les yeux au ciel, avant de me hisser dans ses bras. Tu n'iras nulle part avant qu'on t'ait soignée. Qu'on t'ait formée. Qu'on ait vérifié que tu sois prête.

Domm me murmure à l'oreille :

— Et qu'on t'ait punie pour nous avoir brisé le cœur et abandonnés.

— Ah, oui, dit Lanz. Une tâche importante. On y consacrera un sacré bout de temps.

— Plusieurs rotations planétaires, peut-être. Ou tout un cycle solaire.

Mais l'expression de Domm est pleine d'inquiétude, et il m'effleure le front avec ses lèvres.

— Tiens bon. On va s'occuper de toi, à présent.

Je me blottis contre son torse musclé.

— Moi aussi, je vais prendre soin de vous, promets-je en laissant mes paupières se fermer. On se relaiera. C'est comme ça, une famille.

CHAPITRE VINGT

D*omm*

— Je crois que l'heure est venue de te réprimander, dis-je avec un sourire menaçant.

Elle reste bouche bée.

— Pourquoi est-ce que vous feriez une chose pareille ?

Son faux air innocent m'enflamme le sang.

Je croise les bras.

— Tu nous as quittés sans prévenir.

— Mais je suis revenue.

Je hausse un sourcil.

— C'est vrai, et on est ravis. Mais tu dois comprendre qu'en tant que compagnons, il faut qu'on te... dissuade... de recommencer.

— Je ne vois pas comment vous pourriez faire.

Avec un joli sourire, elle commence à faire glisser sa tunique sur ses épaules veloutées.

— On va te montrer, intervient Lanz en pénétrant dans

la pièce, une ceinture de cuir à la main. C'est bien que tu aies déjà commencé à te déshabiller, parce que pour la suite, tu devras être complètement nue.

Il se frappe la main avec la ceinture, un son qui résonne dans toute la pièce.

— Par les étoiles, voilà qui semble très cruel, dit-elle.

Son air inquiet est sans doute en partie sincère, et cela réveille mon érection.

Oh, nous ne lui ferions jamais de mal, et elle le sait. Mais un peu d'appréhension intensifie toujours le plaisir. Surtout pour notre petite guerrière, qui adore se soumettre à nous seuls. Et comme nous sommes ses supérieurs en mission, ainsi que ses compagnons – responsables de son bien-être sur Zandia –, elle nous doit allégeance.

— Pas plus cruel que notre compagne désobéissante, répliqué-je. Une compagne qui mérite d'être soigneusement punie.

Avec un sourire, je vois ses tétons se dresser dans l'air frais. Sa poitrine se soulever. Elle a beau prétendre qu'elle déteste ça, son corps nous montre ce qu'elle ressent vraiment.

— Pas du tout, proteste-t-elle en descendant sa culotte le long de ses jambes laiteuses. J'ai été sage comme une image, ces derniers temps.

— Et je suis certain que tu continueras à l'être, si on t'y encourage suffisamment. Penche-toi sur le disque de sommeil, ordonne Lanz en déchirant sa tunique, avant de se diriger vers elle à grands pas.

Mirelle retient son souffle, les pupilles dilatées.

— Oui, Maître.

Mes cornes durcissent face à son ton : doux et soumis, avec une petite pointe d'insolence pour nous rendre dingues.

— Attends, dis-je, une main levée, avant de me déshabiller. Mirelle, tu pourras me sucer entre deux fessées.

— Très bon plan, commente Lanz.

Il fait de nouveau claquer la ceinture dans sa main, et notre compagne sursaute.

— On l'entraîne et on la punit en même temps. On fait d'une pierre deux coups.

Assis sur le disque de sommeil, je me mets en appui sur les coudes, jambes écartées.

— Approche, petite guerrière. Et mets-toi au travail, s'il te plaît.

Elle se lèche les lèvres et rampe vers moi. Cette vision me fait gémir. Lorsque ses lèvres douces et roses se referment sur ma virilité, je ferme les yeux et inspire à fond, car cette sensation est incroyable.

Je la laisse me sucer longuement, jusqu'à ce qu'elle halète, la bouche tremblante autour de mon membre dressé. À regret, je lui relève la tête.

— C'est bien. Maintenant, quelques coups de ceinture pour que tu restes motivée. Penche-toi et tends les bras en avant.

Elle obéit sans broncher. Sa docilité amplifie mon érection.

Lanz se place à côté d'elle et pose une main sur son épaule.

— Ne bouge pas, dit-il d'un ton d'avertissement.

Il abat la ceinture sur ses fesses, laissant une superbe marque rouge.

Elle émet un petit bruit, mais elle ne sursaute pas et ne tente pas de se dégager.

— Je vais te donner une bonne douzaine de coups, annonce Lanz en abattant la ceinture avec force, arrachant une plainte à Mirelle. Ensuite, tu me suceras un moment pendant que Domm prendra le relais.

Il la frappe à nouveau, et cette fois, elle se crispe, soulève un pied. Le repose. Ferme les poings sur la couverture.

— Enfin, quand on estimera que tu as été obéissante, on te laissera jouir.

— Oh, pitié. Je serai sage. Ah.

Il vient de lui donner un nouveau coup de ceinture, plus fort que les autres.

— C'est ce que tu dis à chaque fois. Je veux m'assurer que c'est sincère, cette fois.

— Aïe, murmure-t-elle.

Elle lève son autre pied alors qu'il enchaîne les coups de ceinture. Elle se frotte à la couverture, tentant de stimuler son clitoris, et je lui mets une main dans le dos.

— Non. Pas encore. Tu dois d'abord sentir la brûlure, avant de connaître le plaisir.

— Pas juste.

— Oh, tu trouves ?

Je me penche et la mords dans le cou. Je la regarde soulever le bassin, comme si bouger les fesses pouvait l'aider à atténuer la brûlure de sa peau.

— Tu vois, moi, j'estime qu'il est parfaitement juste de punir une compagne qui a fait des bêtises.

Je l'embrasse là où je l'ai mordue, puis je recule et adresse un signe de tête à Domm.

Il la frappe à nouveau, et elle pousse un cri de surprise.

— Aïe !

Mais elle ne tend pas les bras en arrière, ne bouge pas. Nous l'avons bien dressée. Lorsqu'elle a reçu ses douze coups, ses fesses sont couvertes de jolies marques rouges, et elle a le souffle court.

— J'arrive à sentir ta chatte, Mirelle, dis-je en lui écartant les cuisses. Tu peux te plaindre autant que tu veux, mais tous les trois, on sait très bien que tu aimes ça.

— J'aime ça, susurre-t-elle en se collant à mes doigts. Pitié, pitié.

— Oh, ma belle, tu as encore du chemin à faire avant qu'on te laisse jouir.

Je lui donne une claque sur les fesses.

— Remets-toi à quatre pattes, parce qu'il est temps que tu fasses du bien à Lanz.

— Oui, Maître.

Lorsqu'elle se redresse, ses yeux brillent de désir. Avant de la laisser se mettre en position soumise, je l'attire vers moi et referme les lèvres sur un téton dressé. Elle pousse un cri alors que je le suce et le caresse avec ma langue. Elle se met à se frotter à ma cuisse, gémissant en collant son sexe trempé à ma chair.

— Oh, halète-t-elle.

Elle renverse la tête en arrière, yeux fermés, une expression d'extase sur le visage. Je la laisse presque jouir, tant la voir prendre son pied m'excite. Mais j'aime bien la faire attendre.

Je lui mords le téton et la soulève.

— Pas encore.

Lanz s'avance et prend ma place sur le lit. Il me tend deux pinces argentées.

— Le Dr Daneth dit que c'est l'idéal pour les tétons humains. Ça les punit, puis ça leur donne du plaisir.

— Ça a l'air parfait. Les bras le long du corps.

Tourné vers Mirelle, j'attends qu'elle obéisse. Elle se lèche les lèvres, les yeux écarquillés.

— Qu'est-ce que...

— Ce sont de petites pinces.

J'en ouvre une, la referme. On peut les régler pour que le pincement soit plus fort.

— Je pense qu'on va bien les serrer, ajouté-je. Si ça fait mal, tu pourras songer au fait qu'il est important de tout nous dire.

— C'est déjà ce que je fais. Aïe.

Elle grimace lorsque j'installe la première pince. Puis la deuxième. Elle se tortille, lève les mains, puis les laisse retomber.

Je ferme la bouche sur l'un de ses tétons et lèche autour de la pince. Mirelle se trémousse dans mes bras, alternant les halètements de plaisir et les plaintes tandis que je la stimule. Quand je lui touche les cuisses, elles sont déjà mouillées de désir.

— Allez, fais plaisir à Lanz, dis-je avec un dernier coup de langue. Tu garderas les pinces tout du long. Sans te plaindre, même quand je te donnerai la fessée à mon tour.

Elle pousse une exclamation, mais s'agenouille face à Lanz. Elle ouvre la bouche comme la meilleure esclave sexuelle de l'univers.

∾

Mirelle

Mes tétons sont en feu, et mes fesses aussi. Mais je me régale. Rien n'est plus satisfaisant, physiquement, que d'être à genoux, impatiente de jouir, et d'obéir à mes deux maîtres.

J'ai mal à la mâchoire à force de sucer Lanz, et je suis tellement concentrée que des larmes s'écoulent de mes yeux. Je suis en sueur, et mes cuisses sont collantes à cause de mes propres fluides, de mon besoin d'atteindre l'orgasme... mais je ne me suis jamais sentie aussi bien.

— À mon tour de lui donner une fessée. Tu veux jouir dans sa bouche, ou patienter ?

— Je pense qu'on devrait la prendre en même temps. Vas-y, prépare-la pour nous.

— Avec plaisir.

Le fait qu'ils parlent de moi ainsi me rend brûlante d'excitation. Je gémis lorsque Domm me soulève pour me mettre en position sur le disque de sommeil, allongée sur le ventre. Je serre les dents, car mes tétons me font mal, pressés contre la couverture, mais cela me fait également mouiller de plus belle.

— S'il vous plaît.

— S'il vous plaît quoi ? demande Domm en me donnant une claque sur les fesses. À quatre pattes pendant que je prends mon tour. Je pense que je vais me servir de la canne.

Il me montre un mince instrument en bois souple.

— Six coups de ça, Mirelle, et tu feras tout ce qu'on te demandera.

— Je fais déjà tout ce que vous me demandez.

Je me cambre, terrifiée par la canne. Excitée par elle. Les deux à la fois.

— Alors continue. Écarte les cuisses un peu plus.

Il me regarde attentivement pendant que je me mets dans la position qui lui plaît.

— C'est bien, dit-il.

Sans prévenir, il lève le bras et j'entends la canne fendre l'air et claquer. Mes fesses s'enflamment. Je sursaute et pousse un cri.

— Domm !

— Tu comptes nous quitter à nouveau ?

Il frappe une deuxième fois, juste sous le premier

impact. Je grogne et tente de me concentrer, de ne pas me dégager pour mettre un terme à tout ça. Je serre les dents.

— Non !

— On tient tellement à toi. Tu es toute notre vie. Il faut qu'on soit honnêtes et qu'on puisse toujours se faire confiance.

Il m'assène un troisième coup, et les larmes me montent aux yeux. Pas à cause de la douleur, bien que cela fasse mal. Non, je m'en veux surtout d'avoir fait vivre un cauchemar à mes compagnons pendant mon absence, et de les avoir mis en danger lorsqu'ils sont venus à ma rescousse.

— Je suis désolée, murmuré-je.

Il s'interrompt et me caresse l'épaule. Les cheveux.

— Nous aussi, on est désolés. On t'a gardée prisonnière, loin de ceux que tu aimais. Je sais que notre relation pourra seulement fonctionner si tu as la possibilité de faire ce qui te plaît.

— Vous savez que dorénavant, je serai honnête avec vous.

— Parce que je te donne la fessée ?

Le quatrième coup s'abat sur mes cuisses, et je bondis presque hors du lit.

Je halète.

— Non. Non !

Je reprends mon souffle et continue :

— Parce que... c'est mieux comme ça.

— Bonne réponse.

Il frappe mes deux fesses à la fois avec force, et je me mets à pleurer.

Il marque une pause et caresse mes marques, m'obligeant à me tortiller pour me soustraire à sa main. Lanz s'approche pour me maintenir en place, et je suis obligée de me laisser faire.

— C'est mieux comme ça, en effet, dit Domm. Et tu reconnais que sur le terrain, nous sommes tes supérieurs, et qu'en tant que tels, nous avons le droit de te former et te punir autant que nécessaire pour que tu nous obéisses ?

— Oui, je le reconnais. Domm, par pitié.

J'ai tellement besoin de son sexe, et j'ai les fesses en feu.

— Un dernier. Le plus fort. Dis-moi pourquoi tu es revenue.

— Parce que je vous aime. Parce que c'est la vie que je désire, pour moi-même et pour les autres humaines.

Il abat sa canne avec force et je pousse un cri. Il me prend dans ses bras et dit :

— Nous aussi, c'est ce qu'on désire.

Il m'embrasse, et nos bouches luttent l'une contre l'autre, nos mains agrippent, pétrissent. Je trouve son membre et le saisis, le poing serré autour de lui. Il gémit de plaisir, bien que j'y mette presque toutes mes forces. Mes Zandiens savent tout encaisser, et ils me laissent devenir sauvage quand j'en ai besoin.

Avec un cri de guerre, je lui mords l'épaule le plus fort possible, et le goût de sa peau m'embrase. Tout comme son rugissement de douleur et de plaisir. Il me jette sur ses genoux et me donne une fessée.

— Est-ce que je t'ai autorisée à ma mordre, petite *vipn* ?

Je descends de ses cuisses et les chevauche. Son membre énorme est collé à mon entrée.

— Tu adores que je te morde, dis-je.

Je me penche pour lui mordiller la lèvre inférieure, puis je plante les ongles dans ses bras.

— *Vute*-moi maintenant. Vas-y, ou je risque de devenir folle.

Il grogne.

— Tu crois que c'est toi qui commandes, ici ?

Mais la façon dont il me caresse, dont il me pince les tétons, laisse entendre qu'il est autant à moi que je suis à lui. Dans ses yeux, je lis un désir pur.

— C'est toujours moi qui commande, répliqué-je.

Je me hisse sur mes genoux pour me mettre en position, puis je me laisse lentement glisser sur lui. Son gland me pénètre.

— Ce n'est pas ce que tu veux ? demandé-je. Dis-moi que tu aimes ma chatte.

Je saisis ses triceps et les serre. Je me penche et le lèche dans le cou. Je suce ses cornes l'une après l'autre.

— Dis-le-moi. Dis-le-moi, *vutain*.

Ma voix tremble.

Il me prend par les hanches et m'empêche de m'empaler davantage sur son sexe.

— Tu ne le sais pas déjà ? Tu ne le sens pas à chaque caresse, à chaque regard ?

Je grogne de frustration et tente de m'enfoncer davantage sur son érection en acier.

— Laisse-moi faire.

Il rit.

— Quand je serai prêt.

Je lutte de toute mes forces pour reprendre le dessus, mais il me maintient sans peine.

— Domm !

Je lui donne des coups de poings et lutte comme si nous nous battions, l'enserrant avec mes jambes, tentant de me servir de mes bras pour obtenir ce que je veux.

— C'est ça, bats-toi, susurre-t-il alors que ses paupières se ferment, que tout son corps se contracte. Bats-toi, *vutain*. Tu sais bien que j'adore te vaincre.

Soudain, il me fait rouler sur le dos, son corps sur le mien. Il me soulève les bras au-dessus de la tête et enfonce mes poignets dans l'oreiller. Ses cuisses se pressent contre mes jambes, et nos bustes nus sont collés l'un à l'autre. Mes tétons fourmillent de douleur et d'excitation à cause des pinces et de la friction du corps de Domm. Je tente d'écarter les cuisses, de me presser contre son membre, mais je ne peux pas bouger.

Il m'adresse un sourire en coin.

— C'est moi qui gagne, comme d'habitude. Et en tant que vainqueur, c'est moi qui décide.

Rapide comme l'éclair, il nous fait de nouveau rouler, et je me retrouve sur lui.

— Tu vas me chevaucher, Mirelle. Et Lanz va te sodomiser par-derrière. Tu auras le droit de jouir une fois nos deux queues en toi, quand on t'en donnera la permission.

～

Lanz

Elle gémit, et lorsqu'elle s'enfonce sur le membre de Domm – un mouvement qu'il contrôle, centimètre par centimètre, jusqu'à ce qu'elle soit assise sur lui –, elle soupire et ferme les yeux, une expression d'extase sur le visage.

Vutain, il était temps. Je vais exploser, si je ne la *vute* pas bientôt. Il n'y a rien de plus excitant que de la regarder se faire dominer. Enfin, à part le fait de la dominer moi-même.

— Redresse-toi pour que je puisse te prendre par-derrière, ordonné-je.

Je me place derrière elle et palpe ses seins parfaits, m'en

servant comme des poignées pour l'aider à se mettre en position. Je savoure ses gémissements et ses plaintes.

Nous nous déplaçons tous les trois jusqu'à ce qu'elle soit dans la position idéale pour nous prendre tous les deux. Je ramasse le flacon de lubrifiant que j'ai apporté, et du bout du doigt, j'en étale entre ses fesses fermes.

Avec un son appréciateur, elle se cambre contre ma main. Elle en veut encore. J'ajoute du lubrifiant et insère un deuxième doigt en elle, avant de les faire bouger pour l'étirer. Elle m'aide en ondulant des hanches, les muscles contractés.

— C'est ça, chevauche-le, dis-je. Laisse le plaisir te changer les idées pendant que je te prépare.

Son corps est très crispé, et je ne veux pas lui faire mal en la pénétrant, alors les préliminaires s'éternisent. J'insère doucement un long plug épais entre ses fesses, continuant de pousser lorsqu'elle retient son souffle et tente de se dégager. Mais elle est coincée, empalée comme elle l'est sur Domm, et je ris en la maintenant d'une main pendant que je finis d'enfoncer le plug.

— Ne lutte pas, lui susurré-je à l'oreille en la collant à mon torse. Tu sais que c'est bon, une fois que tu lâches prise.

Elle pousse un sifflement, puis se détend une fois que l'accessoire est en place.

— Mmm, gémit-elle en ondulant d'avant en arrière. Laisse-moi jouir, s'il te plaît.

— Pas encore.

Je la taquine en faisant tourner le plug. Elle continue d'aller et venir sur Domm, jusqu'à ce que son excitation soit telle qu'elle halète et gémisse à chaque mouvement.

— Je pense qu'elle est prête, déclare Domm, la voix

tendue par le désir. Et je ne peux pas attendre une *seconde* de plus.

Moi non plus. J'ôte le plug et me mets à genoux, mon membre entre ses fesses.

— Pousse, dis-je à Mirelle en commençant à m'enfoncer. J'y vais lentement, car accueillir deux sexes zandiens n'est pas simple, mais elle se cambre pour que j'aille plus vite.

— Fais-le maintenant, ordonne-t-elle avant de pousser un cri de plaisir. Douce Terre mère. Oui. Oui.

J'adore la *vuter* dans tous les sens, sous tous les angles, et son cul est exquis. Elle chevauche Domm pendant que je la prends par-derrière, et bien vite, nous trouvons notre rythme. Petit à petit, nos gestes se font plus rapides. Domm l'enfonce sur son membre, puis je la tire vers le mien, et elle nous encourage avec des gémissements et des contractions qui me font presque jouir de façon prématurée.

Nous donnons tous de la voix, un mélange de gémissements, de grondements et de soupirs, puis elle s'écrie qu'elle a besoin de jouir.

— Vas-y, lui dis-je.

Elle n'aurait pas pu attendre, et nous non plus. Tout son corps se contracte, et j'explose de plaisir, agrippé comme je peux à son corps. Le plaisir se prolonge, et je suis envahi par une volupté électrique.

Mirelle

Mon orgasme est stupéfiant d'intensité, et je jouis dans

un cri. Le plaisir dure tellement longtemps que je m'évanouis presque, et c'est tellement bon que je m'en fiche.

Mes deux compagnons atteignent eux aussi l'orgasme, m'emplissant de leur sperme chaud, et lorsque nous nous écroulons tous les uns sur les autres, je ne sais plus où mon corps s'arrête et où les leurs commencent.

Nous nous reposons un long moment, et je reprends mon souffle entre mes compagnons. L'un d'entre eux a dû m'enlever les pinces à tétons, et quelques minutes plus tard, Domm m'applique de la crème sur les seins et les fesses.

— Le Dr Daneth dit que ça fait passer la douleur, m'explique-t-il en me massant dans des gestes vifs et précis.

Je suis trop détendue pour discuter, mais je parviens à répondre :

— Pas besoin. Je n'ai pas mal.

Il rit.

— Ça t'évitera d'avoir des bleus, demain. Une grosse rotation planétaire nous attend.

— Mmm.

Je me rallonge, ma peau rafraîchie par la crème. C'est vrai que ça fait du bien, même si je ne mentais pas : je déborde tellement d'endorphines que tout mon corps n'est que joie et plaisir.

— On devrait lui donner tu sais quoi, dit Domm quelque temps plus tard, me tirant de ma torpeur.

— Bonne idée, répond Lanz.

Il se lève, creusant le matelas au passage.

— Tu fais quoi ? C'est un cadeau ?

— Tu nous as quand même offert un vaisseau de guerre, plaisante Domm en me caressant l'épaule. Te donner quelque chose en retour, c'est la moindre des choses.

— Je n'ai besoin de rien, dis-je, mais je m'assois avec enthousiasme. C'est un nouveau vaisseau ?

Lanz rit.

— Un peu de patience. Apprends déjà à piloter le nôtre. Notre cadeau est plus personnel.

Il se rassoit à côté de moi et me tend une petite boîte en bois.

Je les regarde tour à tour.

— Ouvre-la, m'encourage Domm.

Lanz se penche, impatient.

— Dis-nous ce que tu en penses.

J'ouvre le couvercle. Puis je retiens mon souffle, une main sur la bouche.

— C'est une flamme.

— Trois flammes, dit Domm en touchant le pendentif. Elles s'entrecroisent, tu vois ?

Les larmes me montent aux yeux.

— Comment est-ce que vous avez fait ça ?

— Tu n'enlevais jamais l'autre, répond Domm en sortant le collier de la boîte. Jusqu'à ce que tu la perdes.

— C'est ma sœur qui me l'avait donnée. C'était un symbole, qui me rappelait de reprendre le flambeau de la résistance humaine.

Lanz me caresse les cheveux.

— On se doutait que ça avait une signification pour toi, alors on t'en a fabriqué une nouvelle. Pour ta nouvelle vie.

— Trois flammes, dis-je en passant le doigt sur le pendentif finement ouvragé. Pour nous trois ?

Lanz me caresse la jambe.

— Ensemble pour toujours.

Je soulève le collier et l'attache autour de mon cou.

— Je l'adore.

— Retourne le pendentif, me dit Lanz.

Il le fait tourner avec douceur, et je jette un regard aux inscriptions qui se trouvent à l'arrière.

— Qu'est-ce que ça dit ? demandé-je en tordant le cou. Sous cet angle, je n'arrive pas à les lire.

— C'est ton prénom en zandien. Et le mot pour feu.

— Je suis tout feu tout flamme, effectivement.

Je touche le pendentif, avant de prendre leurs mains, une dans chacune des miennes. Je les serre avec force.

— Je déborde de joie. Et de projets.

— On le sait, dit Lanz.

Domm hoche la tête.

— Et nous aussi. On est prêts pour la prochaine grande aventure.

Je regarde Lanz, puis Domm.

— Je vous aime. De tout mon cœur.

— Nous aussi.

Ils me sourient.

Assis là, nos doigts entremêlés, ma vie prend enfin tout son sens. Les pièces du puzzle s'emboîtent, et je suis heureuse de mon présent, impatiente de vivre mon avenir. Je sais qu'il sera radieux.

FIN

LIVRE GRATUIT DE RENEE ROSE

Abonnez-vous à la newsletter de Renee

Abonnez-vous à la newsletter de Renee pour recevoir livre gratuit, des scènes bonus gratuites et pour être averti·e de ses nouvelles parutions !

https://BookHip.com/QQAPBW

OUVRAGES DE RENEE ROSE PARUS EN FRANÇAIS

www.reneeroseromance.com/francaise/

Maîtres Zandiens

Son Esclave Humaine

Sa Prisonnière Humaine

Le Dressage de Son Humaine

Sa Rebelle Humaine

Sa Vassale Humaine

Son Compagnon et Maître

Animal de Compagnie Zandien

Sa Possession Humaine

Les Épouses Zandiennes

La Nuit des Zandiens

Achetée par les Zandiens

Dominée par les Zandiens

Alpha Bad Boys

La Tentation de l'Alpha

Le Danger de l'Alpha

Le Trophée de l'Alpha

Le Défi de l'Alpha

L'Obsession de l'Alpha

L'Amour dans l'ascenseur (Histoire bonus de La Tentation de l'Alpha)

Le Désir de l'Alpha

La Guerre de l'Alpha

La Mission de l'Alpha

Le Fleau de l'Alpha

Le Secret de l'Alpha

La Proie de l'Alpha

Le Sang de l'Alpha

Le Soleil de l'Alpha

La Lune de l'Alpha

La Serment de l'Alpha

La Vengeance de *l'Alpha*

Le Ranch des Loups

Brut

Fauve

Féral

Sauvage

Féroce

Impitoyable

Deux Marques

Indomptée (libre)

Temptée

Désirée

Séduite

Les Nuits de Vegas

Roi de carreau

Atout cœur

Valet de pique

As de cœur

Joker Mortel

Dame de trèfle

Cartes sur Table

Bonne Pioche

La Bratva de Chicago

Prélude

Le Directeur

Le Stratège

Possédée

L'Homme de Main

Le Hacker

Le Bookmaker

Le Nettoyeur

Le Coureur

Le Gardien

Série Made Men

Ne m'Aguiche Pas

Ne me Tente Pas

Ne m'Oblige Pas

Dompte-Moi

Son Maître Royal

Oui, Docteur

Son Maître Russe

Son Maître Marine

Soumise à leur Punition
Son Maître Pompier

Alpha des montagnes

Le héros
Rebel
Le Guerrier

À PROPOS DE RENEE ROSE

RENEE ROSE, AUTEURE DE BEST-SELLERS D'APRÈS USA TODAY, adore les héros alpha dominants qui ne mâchent pas leurs mots ! Elle a vendu plus d'un million d'exemplaires de romans d'amour torrides, plus ou moins coquins (surtout plus). Ses livres ont figuré dans les catégories « Happily Ever After » et « Popsugar » de USA Today. Nommée *Meilleur nouvel auteur érotique* par Eroticon USA en 2013, elle a aussi remporté le prix d'*Auteur favori de science-fiction et d'anthologie* de Spunky and Sassy, e celui de *Meilleur roman historique* de The Romance Reviews. Elle a figuré dix fois sur la liste des best-sellers de USA Today avec ses livres Bratva de Chicago, Wolf Ranch et Bad Boy Alpha et plusieurs anthologies.

Abonnez-vous à la newsletter de Renee pour recevoir des scènes bonus gratuites et pour être averti·e de ses nouvelles parutions!

https://www.subscribepage.com/reneerosefr

À PROPOS DE REBEL WEST

Rebel West crée des romans de science-fiction futuristes qui se déroulent sur la planète Luminar. Ses habitants sont beaux et bien pourvus, avec des abdos en béton, des yeux bleu nuit et un penchant dominateur qui va vous couper le souffle.

Rebel West coécrit la série de harem inversé des Épouses Zandiennes avec Renee Rose.

Elle écrit également des romances autonomes sous le nom d'Alexis Alvarez.